Girmindl

Als gäbe es kein Morgen

Johannes Girmindl

Als gäbe es kein Morgen

Ein Episodenroman

Bibliographische Information der Deutschen Nationalbibliothek:

Die Deutsche Nationalbibliothek verzeichnet diese Publikation in der Deutschen Nationalbibliographie; detaillierte bibliographische Daten sind im Internet über http://dnb.dnb.de abrufbar

© 2019 Johannes Girmindl

Lektorat: Eva Billisich

Herstellung und Verlag: BoD – Books on Demand

ISBN: 9783741270857

MONTAG

Die Nachricht

Die Nachricht schlug ein wie eine Bombe. Sie kam an diesem Montagmorgen unerwartet durch das Radio. Was trotz aller Dramatik die Nachricht relativierte, war, dass die Welt sich ohnehin gerade wieder am Rande des Abgrunds befand. Die rechte Faust ballte sich über der nördlichen Halbkugel, der südliche Teil versuchte sich gegenseitig an Unmenschlichkeit zu überbieten, schlachtete sich gegenseitig ab, und der Rest versank in Fluten, Waldbränden, verdorrten Feldern und anderen apokalyptischen Szenarien. Es gab also ohnehin kein Entkommen aus dem Wahnsinn. Die Stimme aus dem Radiogerät hatte kurz und bündig darüber informiert, dass jegliches Leben auf der Erde binnen drei Tagen ausgelöscht sein werde, man diese Information schon Monate im Vorhinein gewusst habe, sich die vereinten Nationen aber – um eine verständliche Panik mit all den zu erwartenden Folgen zu vermeiden – dazu entschlossen hatten, diese Information erst kurz vor Ablauf der Frist zu veröffentlichen. Nein, es gab kein Zurück, nein, es gab keine Möglichkeit etwas dagegen zu unternehmen. Die Zuhörer wurden dazu aufgefordert die letzten Tage und Stunden noch dazu zu nutzen, um mit sich ins Reine zu kommen, etwaige Verwandte zu besuchen, Offenes zu klären. Etwaige Nachlässe seien ein zu vernachlässigendes Thema. Gehen Sie in sich, sagte die Stimme, um nach einem kurzen Moment der Stille wieder die übliche Radiomusik auf die Zuhörer loszulassen.

S

Angelika S drückte ihre Morgenzigarette im Aschenbecher aus. Dann nahm sie einen Schluck von ihrem mittlerweile kalt gewordenen Kaffee. Die Tageszeitung, die sie seit geraumer Zeit vor die Wohnungstür zugestellt bekam, hatte sie offen vor sich liegen. Nicht einmal bis zur Hälfte war sie gekommen. Nun, zahlte es sich überhaupt aus sich jeden Tag zu informieren? Waren die Themen des Tages nicht die gleichen wie am Vortag und folgten in kühler Routine am nächsten Morgen ohnehin wieder? Der letzte Beitrag der Nachrichten aus dem Radio hatte sie aufblicken und kurz inne halten lassen. Wovon war die Rede gewesen, die letzten Tage der Menschheit? War es eine Ankündigung für eine Aufführung gewesen, ein Scherz, damit überprüft werden konnte wie viele Menschen überhaupt zuhörten? Mussten nicht die Telefonleitungen des Senders jetzt glühen ob der vielen Anrufer, die genau das erfahren wollten? Es war eine Nachricht, nichts weiter, eine Nachricht von vielen, die Angelika S nicht sonderlich ernst nehmen konnte. Denn hätte sie auch nur einen geringen Wahrheitsgehalt, wäre sie höchstwahrscheinlich ohnehin verschwiegen worden. Man müsste sich nur einmal all die Panik vorstellen, die ausbrechen würde, die öffentliche Ordnung würde darunter leiden, keine Frage. Die nationale Sicherheit würde in so einem Fall auf dem Spiel stehen. Der Mensch an sich war ja schon lange nichts mehr gewohnt. Schreckliche Ereignisse fanden an weit entfernten Orten der Welt statt, die Berichte aus den Medien glichen Treatments für Katastrophenfilme, und wurde es einem zu viel, konnte man ganz einfach abschalten. Es konnte also nur so etwas wie Werbung gewesen sein, wenn auch, und das musste sie insgeheim zugeben, eine handwerklich gut gemachte. Kurz erinnerte sie sich an diese Episode mit Orson Wells´ *Krieg der Welten*. Nun, heute würde so etwas wohl nicht mehr funktionieren. Die Menschen hatten mittlerweile schon alles gehört oder gesehen, glaubten grundsätzlich an nichts mehr und wenn, dann an das Falsche. Scharlatane und Rattenfänger hatten Hochkonjunktur und bedienten sich am Vertrauen und der Leichtgläubigkeit ihrer Mitmenschen, füllten ihre Taschen und Konten und ließen die treue Schar an Gläubigen für ihr eigenes Wohl bluten. Andrerseits konnte man auch sagen, dass es im Eigentlichen wie immer war, nur effektiver.

Angelika S erhob sich von ihrem Küchentisch, brachte das Kaffeehäferl zur Abwasch und machte sich in Unterwäsche in ihr Badezimmer auf. Dort entledigte sie sich ihres Slips und stieg unter die Brause, die sie erst, als sie direkt darunter stand, aufdrehte. Sie liebte den kurzen Schock, wenn im ersten Moment eiskaltes Wasser auf ihre Haut traf.

K

Christian K. hatte wieder einmal vergessen seinen Wecker zu stellen. Trotz all der Post-its und Gedächtnisstützen, die er in den Räumen seiner Wohnung angebracht hatte, war es ihm, wie so oft, entfallen, die kleine Eieruhr aufzuziehen. Nun saß er, vornübergebeugt auf seiner Toilette und schlief seit kurz nach sieben Uhr morgens. Die Stimme der Nachrichten-sprecherin war durch die geschlossene WC-Türe leise an sein Ohr gedrungen, technisch also hatte er sie vernommen. Darauf reagieren konnte er nicht, war er doch, kurz nachdem er die Toilette betreten und sich nach Herunterlassen seiner Pyjamahosen gesetzt hatte, in einen tiefen Schlaf der Entspannung gefallen.

B

Seine Gedanken befanden sich seit all den Jahren in einem geschlossenen Raum und kreisten um sich selbst. In keiner Minute, die seit jenen Ereignissen vergangen waren, hatten sie sich losgelöst vom einzigen Zweck ihres Daseins: Rache. Das, was man ihm angetan hatte, suchte nicht nach Vergebung. Er war nicht dazu da, um Ablass zu gewähren, um eine Entschuldigung anzunehmen, um Großzügigkeit walten zu lassen. Seine Daseinsberechtigung war seit besagter Episode seines Lebens nur noch die eine: er musste einen Weg finden, sich Befriedigung zu verschaffen. Seine Gedanken, die immer noch um sich selbst und die eine Sache kreisten, waren dabei ihren Frust zu potenzieren. Mit jeder Umdrehung um ihre eigene Achse, die sie wie Gestirne am Firmament ihre Bahnen ziehen ließen, steigerten sie ihre Bereitschaft, den letzten Weg einer Klärung dieser Angelegenheit zu beschleunigen. Es war an der Zeit, die Sache zu einem Ende zu bringen. Wann, wenn nicht jetzt. Die Umstände und die immer weniger werdende Zeit, die noch verblieb, unterstützten das waghalsige Unterfangen und räumten jegliche Vorbehalte aus dem Weg. Um Überlegungen und vernünftige Abwägungen anzustellen war es nun zu spät. Und warum sollte er in dieser Situation klein beigeben. Die Konsequenzen würden in diesem Fall vernachlässigbar sein. Wenn es überhaupt zu welchen kommen sollte.

F

Sie saß im Auto, als sie die ominöse Nachricht vernahm. Ihr Herz raste. Nicht, dass sie das nicht gewohnt war, ihr Herz begann immer wieder heftig zu schlagen, wenn sie überrascht wurde, positiv wie negativ. Doch diesmal war es anders. Jetzt war es eingetroffen, das, was sie schon so oft in Gedanken durchgespielt hatte. Trockentraining für den eigenen Tod. So oft hatte sie sich überlegt, was sie tun würde, wenn sie wüsste, dass sie nur noch für kurze Zeit zu leben hatte. Sie hatte sich einen genauen Fahrplan zurechtgelegt. Sie würde wissen, was zu tun war. Die Nacht war lange gewesen. Einige ihrer Patienten hatten wieder geläutet, als gäbe es kein Morgen. Sie musste jetzt kurz schmunzeln bei diesem Gedanken: als gäbe es kein Morgen. Wer hatte diesen Satz wohl als erstes gesagt. War dieser Person bewusst gewesen, was er bedeutete? War der Sinn überhaupt je jemandem bewusst gewesen, wenn er oder sie diese Worte aussprach? Sie schaltete das Radio ab und versuchte sich auf den Verkehr zu konzentrieren. Drei Straßen noch, dann würde sie sich einen der zahlreichen Parkplätze suchen, die zu dieser Zeit leer standen, da der Rest der Bewohner ihres Blocks sich auf dem Weg zur Arbeit befand.

M

Bernhard M hatte den halben Tag verschlafen. Er öffnete müde seine Augen drehte seinen Kopf auf dem Polster zur Wand und vermied so, dass ihm die Sonne durch das geöffnete Fenster direkt ins Gesicht schien. Es war ein langer Abend gewesen. Ein langer Abend vor dem Fernsehgerät und ein langer Abend mit seinen üblichen Begleitern. Die Flaschen auf dem kleinen Wohnzimmertisch hatten tapfer um ihren Platz gekämpft, die letzten hatten es nur bis auf den Teppich geschafft und standen nun im Abseits wie verschmähte Liebschaften. M rieb sich die Augen. Gott sei Dank hatte er vor kurzem das Rauchen aufgegeben. Die Zigaretten hatten das Pochen jeden Morgen in seinem Schädel potenziert. Seitdem er nicht mehr rauchte, konnten die Nächte wieder länger sein. Ms rechte Hand fuhr an seinem Bauch hinab und suchte nach seiner Morgenlatte. Selbst wenn er viel getrunken hatte, begrüßte sie ihn mit verlässlicher Stärke. Er rieb kurz daran um es gleich wieder sein zu lassen, seine Phantasie wollte noch nicht Teil seiner morgendlichen

Erregung sein. Er seufzte und schloss wieder seine Augen, um sie kurz darauf wieder zu öffnen. Es war Zeit für einen Besuch im Badezimmer. M schlug die Decke zur Seite und setzte sich auf. Seine Füße berührten den Teppichboden, und M musste sich erst einmal an die aufrechte Haltung gewöhnen, ein Zustand, der ihm um diese Zeit nicht allzu vertraut war. Es war spät geworden, das konnte er nicht leugnen. Der Weg ins Badezimmer wollte zurückgelegt werden. An den Flaschen vorbei, durch die Küche, die wohl auch wieder etwas aufgeräumt werden wollte. Aus reiner Gewohnheit legte er den Lichtschalter um, die Sonne schien auch hier durchs Fenster und flutete mit ihrer Strahlkraft den kleinen Raum. Nachdem er sich erleichtert hatte, stellte er sich unter die Dusche, wie er es jeden Tag tat. Ohne diesen Vorgang würde er Stunden benötigen, um überhaupt annähernd munter und einsatzbereit zu werden.

K

Als die Ärzte damals eine seltene Form von Autismus bei Christian K diagnostizierten stand, seine Mutter vor einem Abgrund, in den sie nicht hinabstürzen wollte. Sie setzte als Alleinerzieherin alle Hebel in Bewegung, dass ihr Sohn eine Schule wie alle anderen Kinder in seinem Alter besuchen konnte, dass er zumindest eine Ausbildung machen konnte, egal ob er danach einen Job finden würde, und dass sein Leben, auch wenn es zeitweise nicht danach aussah, in ähnlichen Bahnen verlaufen würde wie das aller anderen. Es war kein leichtes Unterfangen gewesen. Die alltäglichen Vorurteile und Widerstände, die an jeder Ecke lauerten, in jedem Magistratsbüro, in den verstaubten Lehrerzimmern und in den Amtsstuben des vorigen Jahrhunderts machten ihr das Leben in keinster Weise einfach. Doch all der Wind, der ihr entgegen blies, all die Rückschläge, die sie einzustecken hatte, all diese Widrigkeiten ließen sie nur stärker und kämpferischer werden. Es war kein leichtes Unterfangen, aber es wäre doch gelacht, wenn sie es nicht hinbekommen würde. Und letztendlich hatte sie es geschafft. Sie beide hatten es geschafft. Christian war mit zweiundzwanzig von daheim ausgezogen, sie hatte ihn nur schwer gehen lassen können, wusste aber, dass es das Beste für ihn gewesen war, und so wohnte er nun in seiner kleinen Wohnung und bekam zweimal die Woche Besuch von seinem Betreuer, der sich kurz mit ihm unterhielt, wie es ihm so gehe, sich einen Überblick über seine finanzielle Situation verschaffte und fragte, ob es irgendwelche Probleme geben würde. Im Großen und Ganzen lief alles wie am Schnürchen. K besuchte seinen Arbeitsplatz fast täglich, wenn er einmal nicht erschien, gab es dafür keine Konsequenzen, dafür war gesorgt worden. Ks einziges Problem bestand darin, dass er schwer einschätzen konnte, wann etwas begann, und wann es wieder endete. Natürlich gab es einige Vorkehrungen, die getroffen worden waren; es gab Hinweisschilder über die gesamte Wohnung verteilt, an einigen Stellen waren die Abläufe, die dort stattfinden sollten, detailliert beschrieben, und überall gab es Eieruhren, um somit sicherzustellen, dass alles auch ein Ende fand, und Christian K nicht stundenlang Zähne putzte oder etwa nicht mehr vom Abendessen aufstand. Mittlerweile läutete Ks Telefon zum dritten Mal. Doch genauso wie das Radio, drang nur ein äußerst leises Klingeln durch die geschlossene WC-Türe hinter der K in einem leichten Schlaf auf der Toilette saß.

B

Es war eine völlig normale Geschäftsangelegenheit gewesen. Einen Vertrag zu unterzeichnen war für Walter B nichts Besonderes gewesen. Er tat das in vertrauter Regelmäßigkeit. Grundsätzlich waren diese Verträge nicht das Papier wert, auf dem sie gedruckt waren. Das Ergebnis zählte, der Weg dahin war allen gleichgültig. Rahmenbedingungen waren Gesetzestexten und Vorschriften geschuldet. Wichtig war letztendlich: wer war wofür zuständig und: wie viel konnte der Vertragspartner einstreichen. Arbeitszeiten waren in dieser Branche ohnehin eine Variable, und die offiziellen Angaben darüber galten der Beruhigung des Gesetzgebers. Soweit so gut. Letztendlich zogen die meisten ohnehin am selben Strang, der Rest richtete es sich, wie er es brauchte. Und als endlich die letzte Klappe gefallen war und das Rohmaterial im Schneideraum, war niemand mehr verantwortlich. Die für das Projekt eigens gegründete Produktionsfirma war in Konkurs gegangen, der Strohmann, der vorgeschoben worden war, wusch seine Hände in

Unschuld, und eine Herzensangelegenheit, die es für B gewesen war, endete in einem persönlichen sowie finanziellen Desaster. Aber alles war rechtens, so wie es immer ist, wenn man es sich richten kann. Und es hatte es sich jemand gerichtet. Walter Bs Wut war unendlich groß, und sie steigerte sich auch noch, nachdem er realisiert hatte, dass es für ihn keine Möglichkeit gab, Gerechtigkeit einzufordern. Sieben Jahre war es nun her, und seit sieben Jahren nagte es an seinem Inneren, an seinem Ego und an seiner Seele. Er konnte ob dieser Ungerechtigkeit, die ihm widerfahren war, nicht abschließen. Und so kam ihm die morgendliche Nachricht aus dem Radio nur recht. Er würde für sich abschließen, bevor für alle abgeschlossen werden würde.

F

Sie drehte den Schlüssel im Schloss und öffnete die Tür. Der karge Vorraum war nicht gerade einladend. Links von der Tür hatte sie ihre Schuhe stehen, darüber hingen an den Wandhaken zwei Mäntel und eine Jacke. Claudia F ließ hinter sich die Tür ins Schloss fallen. Auf dem Weg in die Küche streifte sie ihre Schuhe ab, die Weste hängte sie über die Lehne des Sessels, der neben dem Küchentisch stand. Dann begab sie sich zur Kaffeemaschine. Mit lautem Getöse floss der Espresso in die kleine Tasse. F setzte sich an den Tisch und nippte von ihrem heißen Getränk. Es war nicht der erste Kaffee des Tages. Kaffee war ein Begleiter ihres Berufsstandes und das vor allem in den Nachtdiensten. Das Rauchen, auch eine weitverbreitete Erscheinung ihrer Profession, hatte sie zum Glück vor einigen Jahren schon aufgegeben; seither musste sie mehr denn je auf ihre Pausenzeiten achten. Sie trank den letzten Schluck, stellte die Tasse in die Abwasch und holte sich einen Notizblock samt Kugelschreiber. Dann begab sie sich wieder zu dem kleinen Küchentisch. F ließ ihren Blick durch die kleine Küche wandern. Neben der Kredenz hing eine Reihe gerahmter

Photographien. Familienerinnerungen. Ihre Eltern, ein Urlaub in Spanien und ihr ehemaliger Verlobter. Sie dachte manchmal an ihn, nicht oft, aber von Zeit zu Zeit tauchte er in ihren Gedanken auf, und sie überlegte sich, wie es denn wohl gemeinsam weitergegangen wäre. Nun, es hatte keine gemeinsame Zukunft gegeben. Der Autounfall hatte jegliche Pläne zunichte gemacht. Jetzt schrieb sie seinen Namen als ersten auf. Daneben den ihrer Mutter. Diese lebte seit zwei Jahren in einem Pflegeheim nahe der Stadtgrenze. Nachdem ihr Vater verstorben war, war ihre Mutter nicht mehr allzu lange in der Lage gewesen alleine zu leben. Sie hatte ihren gesamten Antrieb verloren, und so suchte F einen geeigneten Platz für sie. Es war besser für beide gewesen. Aufgrund ihres Jobs wusste sie, dass die Pflege der Angehörigen meist in einem Desaster endete, somit gab es in dieser Hinsicht keinerlei Spielraum für Verhandlungen. Der Name ihres Vaters kam unter den von Gerald. Unter den Namen ihrer Mutter schrieb sie den ihres Bruders – sie sahen sich regelmäßig, aber in großen Abständen –, den ihrer besten Freundin Sabine und den von Andrea. Mit Andrea hatte sie einen Urlaub gemeinsam verbracht. Es musste in etwa drei Jahre nach Geralds Unfall gewesen sein. Sie waren zu viert gewesen, Andrea mit Josef und Claudia mit Thomas, den sie kurz davor kennengelernt hatte und der für sie eine neue Chance der Fügung gewesen war. Sie hatte Gerald zwar in all den Jahren nicht vergessen gehabt, doch mittlerweile waren der Schmerz und die Aussichtslosigkeit neuer Hoffnung gewichen, und es sah ganz so aus, als würde ein Neubeginn in greifbarer Nähe sein. Für Andrea und Josef war es genau umgekehrt. Der Urlaub war die Probe für ihre Beziehung. Wenn sie ihn gemeinsam überstehen würden, hätten sie noch so etwas wie eine Chance. Letztendlich stellte sich heraus – spätestens als Claudia Thomas mit Andrea in ihrem Zimmer überraschte –, dass es eine ausweglose Situation war. Claudia F hatte seit der überstürzten Abreise nie wieder etwas von Andrea gehört. Nun schrieb sie deren Namen unter den ihrer besten Freundin und unterstrich ihn. Dann stand sie auf und ging in ihr Schlafzimmer, wo sie sich bis auf den Slip auszog und unter die Decke schlüpfte. Kurz darauf war sie eingeschlafen.

M

M saß auf seiner Couch und verschlang ein Paar Würstchen. Es war sein übliches Katerfrühstück. Den Bademantel hatte er übergeworfen aber nicht zugebunden, seine Füße steckten in zwei durchgetretenen Schlapfen, und vor ihm lief der Fernseher. Irgendeine Talkshow im Unterschichtenfernsehen. Die Tochter warf ihrer Mutter vor, nie für sie dagewesen zu sein, auch dann nicht, als sie mit vierzehn schwanger geworden war. Jetzt war sie sechzehn, hatte die dritte Abtreibung hinter sich und wollte sich, via Fernsehen öffentlichkeitswirksam mit ihrer Familie aussöhnen. So würde das nichts werden, dachte M bei sich und grinste mit vollem Mund. Er schaltete weiter und sah zwei grotesken Erscheinungen beim Zubereiten einer veganen Speise zu. M tunkte das letzte Stück des Würstchens in den Senf und steckte es in seinen Mund. Woran lag es, dass er entweder zu wenig oder zu viel Senf aus der Tube auf seinen Teller drückte? Ein Phänomen, das wohl ergründet werden wollte, aber nicht heute, und so stellte er den Teller mit dem restlichen Senf neben sich auf den Boden. Im Laufe des Nachmittags würde er sich dazu durchringen die leeren Flaschen in die Küche zu räumen, um sie dann, wenn er heute die Wohnung verlassen würde, zum Altglascontainer zu bringen. Der nächste Senderwechsel brachte ihn in den Newsroom der öffentlich rechtlichen Fernsehanstalt. Seitdem er denken konnte, gab es in diesen Sendungen nicht wirklich etwas Neues. Immer wieder dieselben Konflikte, die gleichen Krisenherde und das schon vertraute Gewäsch überalterter, engstirniger Politiker. Üblicherweise schaltete er bei Nachrichten gleich weiter, heute aber, lenkte etwas seine volle Aufmerksamkeit auf den Bildschirm. War das eine Satiresendung? Wovon sprach der Lackaffe hinter seinem Pult mit ernster Miene? M vernahm, wie so viele vor ihm, die Nachricht mit leicht zitternden Händen. Beim Wetter schaltete er das Gerät mit der Fernbedienung ab und blickte vorerst nur starr vor sich hin. Die Minuten verstrichen und Bernhard M saß weiterhin regungslos auf seiner Couch. Als er aus dieser Starre wieder ins Hier und Jetzt zurückkehrte, stand er auf und begann mechanisch die leeren Flaschen in seine Küche zu räumen.

S

Angelika S startete ihren Wagen. Der morgendliche Stoßverkehr war mittlerweile vorüber und die Straßen der Großstadt lagen frei vor ihr. Das Autoradio spielte einen lokalen Hit des Vorjahres und alles fühlte sich an wie immer. Bis zu dem Zeitpunkt, als der Radiosprecher wieder davon anfing, hatte sie die Meldung des heutigen Morgens so gut wie vergessen gehabt. Zu ihrem Glück sah sie gerade noch die rote Ampel vor sich und konnte, wenn auch ein wenig nach der Bodenmarkierung, ihr Fahrzeug zum Stehen bringen. Entweder war das eine breit angelegte Werbekampagne oder es stimmte doch. Aber wie konnte so etwas wahr sein, wie konnte man so etwas wissen? Niemand würde ihre Fragen, vor allem weil sie alleine in ihrem Auto saß, jetzt beantworten können. Sie warf einen flüchtigen Blick auf ihr Handy. Zwei Anrufe in Abwesenheit. Bevor sie noch nachsehen konnte, von wem die beiden Anrufe stammten, schaltete die Ampel auf Grün und Angelika S querte die Kreuzung. Auf der anderen Seite hielt sie nach einer Parklücke Ausschau. Sie musste, bevor sie weiterfahren würde, eine klaren Kopf bekommen. Außerdem wollte sie wissen, wer sie angerufen hatte. Der erste Anrufer war Holger gewesen. Ihr derzeitiger Lebensabschnittspartner befand sich derzeit in Stockholm. Er konnte warten. Und würde er weiterhin so penetrant nach Aufmerksamkeit heischen, dann würde er gar nicht mehr warten müssen. Sie kannten sich jetzt seit mehr als zwei Jahren, die erste Welle der Euphorie hatte sich gelegt und Holger begann von Dingen wie Kindern und Hochzeit zu philosophieren. Angelika S hatte definitiv andere Pläne. Der zweite Anruf war aus dem Büro gekommen. S legte ihren Finger auf den Bildschirm und das Gerät stellte die Verbindung her. Es war Silvia. Sie saßen gemeinsam in einem Büro und verstanden sich, was die Arbeit betraf, hervorragend. Die zwei oder drei Male, die sie gemeinsam nachher noch auf einen Drink waren, hatten S gezeigt, dass ein gutes Arbeitsverhältnis nicht unbedingt auch im Privaten funktionieren muss. Die Information, die Silvia für S bereit hielt war jene, dass sie heute erst zu Mittag erwartet würden, so wie die restliche Belegschaft auch. Der Chef, wie sie ihn alle nannten, hatte etwas zu verkünden. Das sah ihm ähnlich, dachte S bei sich. Im letzten Moment, vor allem, wenn man sich schon auf dem Weg ins Büro befand, eine solche Information auszuschicken. Nun ja, dann würde sie die Zeit nutzen, um sich in ein Café zu setzen, um dort den Vormittag vorübergehen zu lassen. Vielleicht würde sie ja auch eine Kleinigkeit essen.

K

Der Anrufer musste aufgegeben haben. Nach dem letzten Läuten vor ungefähr einer Stunde war kein weiterer Anruf erfolgt. Die Wohnung war, bis auf das leise vor sich hin spielende Radio, von Stille erfüllt. Kurz gegen elf Uhr wurde an die Wohnungstüre geklopft. Vergeblich versuchte der Klopfer ein weiteres Mal, diesmal etwas vehementer, auf sich aufmerksam zu machen. Die akustischen Signale gingen ins Leere. Niemand reagierte darauf. Christian K befand sich immer noch auf dem WC. Er befand sich in einer Art Trancezustand, bekam alles rund um sich mit, konnte darauf aber nicht reagieren. Er hatte den Faden verloren, an dem er anknüpfen sollte.

B

Das Internet war eine Fundgrube an Informationen. Nutzte man es richtig, konnte man darin mit etwas Glück lang verlorengegangen geglaubte Freunde finden oder eben auch Feinde. Walter B tippte den Namen in das Suchfeld ein und hatte innerhalb eines Sekundenbruchteils das gewünschte Ergebnis auf dem Schirm. Konstantin U war Teilhaber mehrerer Unternehmen, die allesamt in der Filmbranche tätig waren oder peripher damit zu tun hatten. Er klickte auf den ersten Link und überflog den Inhalt der Website einer Produktionsfirma mit dem recht einfallslosen Namen FPU. Film Productions U. Sehr originell, dachte B bei sich. Im linken unteren Eck gab es einen Link zur Kontaktaufnahme. Email, Fax sowie Telefonnummer. B nahm sein Handy vom Tisch und tippte die Zahlenreihe ein, drückte auf *Verbinden* und lauschte dem Tuten im Hörer. Die einzige Branche, die noch Geld zur Verfügung hatte, war die Werbung. Um den alltäglichen Schrott an die gewünschte Zielgruppe zu bringen, wurden täglich Millionen von Euros verpulvert. Das sollte als Lockmittel genügen. Eine junge weibliche Stimme meldete sich höflich, aber gelangweilt. B hatte genügend Erfahrung, um zu wissen, dass er, wenn er ernst genommen werden wollte, hier nicht als Bittsteller auftreten durfte. In knappen Worten vermittelte er den Grund seines Anrufes. Ein mittelgroßer Auftrag für einen führenden Mobilfunkanbieter. Zwei, drei TV-Spots, die, wenn auf den Punkt gebracht, also erfolgreich, den Beginn einer möglichen längerfristigen Zusammenarbeit darstellen würden. Er müsste da aber schon mit jemandem sprechen, der auch Entscheidungen treffen könne, nicht mit der Vorzimmerdame, die nebenbei gerade ihre Nägel lackierte. U würde erst in zwei Stunden ins Büro kommen, sie würde sich dann umgehend mit einem Terminvorschlag bei ihm melden. Danach notierte sie sich den falschen Namen, den B genannt hatte, und verabschiedete sich genauso gelangweilt, wie sie das Gespräch begonnen hatte. B lehnte sich in seinem Sessel zurück und lächelte still vor sich hin.

F

Es war kurz nach siebzehn Uhr, als F ihre Augen wieder öffnete. Sie hatte ganze sieben Stunden am Stück durchgeschlafen. Normalerweise wachte sie schon viel früher auf, meistens gegen zwei Uhr am Nachmittag. Die Nacht war wirklich anstrengender als üblich gewesen. Vielleicht aber war diese Unregelmäßigkeit, Frühschicht, Spätschicht, Nachtschicht auch mittlerweile zu viel für sie. Ab vierzig spürte man, dass die Regeneration viel länger benötigte als früher. In jungen Jahren hatte sie solche Dienste weggesteckt und ihr Körper hatte sie die Anstrengung am nächsten Tag nicht mehr spüren lassen. Mittlerweile war es nicht mehr so. Claudia F stieg aus ihrem Bett und ging ins Bad. Eine kurze Dusche sollte sie wieder unter die Lebenden bringen. Im Bademantel stand sie vor ihrer Kaffeemaschine und wartete bis die schwarze Flüssigkeit durchgelaufen war. Dann setzte sie sich an ihren Küchentisch und warf einen Blick auf die Liste, die sie nach ihrem Heimkommen angelegt hatte. Worauf sollte sie warten? Die Nummer ihres Bruders

Alexander hatte sie ebenso wie die von Sabine in ihrem Handy gespeichert. Ihr Bruder hatte lediglich die Mailbox laufen. Ob er morgen oder übermorgen kurz für sie Zeit haben würde, war ihre kurze Nachricht. Sie fügte ihrer Verabschiedung noch ein *Dringend* hinzu, dann trennte sie die Verbindung. Sabine hingegen meldete sich nach dem ersten Ton. Natürlich hätte sie Zeit, ihr Tag wäre ohnehin anstrengend genug gewesen, sodass sie jetzt ein wenig Abschalten müsste. Es träfe sich gut, dass sie sich heute treffen würden. Kino oder Essen?, wollte sie wissen. Einfach nur Quatschen, war die Antwort. Sabine erwähnte noch kurz die Meldung des Tages, dass sie deren Inhalt wohl nicht wirklich für voll nehmen konnte und dass es sich dabei wohl um irgendeine neue Werbemasche handeln müsste. Möglich, entgegnete Claudia F, wir können uns dann ja ausführlich darüber unterhalten. Sieben Uhr? In der Bar, die sie letzten Monat in der Innenstadt entdeckt hatten? Nach der Bestätigung trennte F die Verbindung und legte das Handy beiseite. Ihre Mutter und die beiden Verstorbenen auf der Liste könnte sie ohne Termin besuchen. Andrea aufzuspüren würde möglicherweise etwas aufwändiger werden. F griff wieder zu ihrem Handy und googelte das amtliche Telefonbuch. Dort gab sie Andreas Namen ein und wartete vergeblich auf ein Ergebnis. Sie stutze und tippte nach einer kurzen Nachdenkpause abermals Andreas´ Namen ein, nun aber mit Thomas´ Nachnamen. Was wusste man schon? Das Ergebnis stand ganz oben. Die Adresse war die gleiche wie damals, und F glaubte sich auch an diese Telefonnummer erinnern zu können. Es war jetzt kurz vor achtzehn Uhr. Ob sie es probieren sollte? Eine nach der anderen tippte sie die Ziffern in ihr Handy und ließ sich verbinden. Es vergingen endlose Sekunden bis sich eine männliche Stimme am anderen Ende der Leitung meldete.

M

Die Nacht war jung und was hatte er zu verlieren? Im Gegenteil, er musste aufholen was er versäumt hatte. Die Jahre vor dem Fernseher, auf seiner Couch, mit all den alkoholischen Begleitern. Dieses ziellose Umherirren von einer Bar zur nächsten, das dazu geführt hatte, dass er es irgendwann aufgegeben hatte seine Wohnung regelmäßig zu verlassen, weil er ebenso gut daheim trinken konnte, was letztlich auch den Vorteil mit sich brachte, dass er sich den Nachhauseweg ersparte. Nach den ersten Schockmomenten war wieder die Lebenslust in ihn gefahren. Diese nächsten drei Nächte würde er keineswegs in seinem Bett verbringen, und wenn, dann sicherlich nicht alleine. Warum auch, er war noch keine fünfzig, finanziell war er ohnehin unabhängig und die nächsten drei Tage würden daran auch nichts mehr ändern. Das Taxi, das er sich gerufen hatte, wartete schon vor dem Haustor, als M hinaustrat. Er hatte sich in Schale geworfen. Auch wenn er in den letzten Jahren keinen Wert auf besonders modische Garderobe gelegt hatte, befanden sich in seinem Kleiderkasten sehr wohl noch einige zeitlose Stücke, mit denen er sich nicht verstecken musste. Er öffnete die hintere Wagentür und stieg ein. Nachdem er seine Anweisungen gegeben hatte, wohin der Fahrer ihn bringen sollte, schloss M die Tür und ließ sich in den Sitz zurückfallen. Die Nacht konnte beginnen.

S

Die Nachricht ließ Angelika S erst einmal heftig durchatmen. Zwei Stunden hatte sie in diesem Café gesessen, hatte die Leute beobachtet, ein wenig in den Tageszeitungen geblättert, war aber nicht zur Ruhe gekommen. Es war wohl alles ein wenig viel an diesem Morgen gewesen und zur Untätigkeit verdammt, kam sie aus dem Konzept, war hilflos. Nach dieser unruhigen Zeit hatte sie sich wieder in ihren Wagen gesetzt und war eine halbe Stunde vor dem Termin im Büro erschienen. Dort führte sie Smalltalk und wurde nur noch nervöser. Sie war hier, um etwas zu tun und nicht, um zu warten, da hätte sie auch gleich daheim bleiben können. Und darauf lief es jetzt hinaus. Im Hinblick auf die aktuellen Ereignisse gab ihr sogenannter Chef ihnen allen dann für die nächsten drei Tage frei. Ging alles gut, würde man sich Donnerstagmorgen wieder sehen. Wenn nicht, dann war es ihm ein Vergnügen gewesen mit allen, mit den meisten, zusammengearbeitet haben zu dürfen. Nach diesen Worten ging er und ließ das halbe Dutzend an Mitarbeitern mit offenen Mündern zurück. Und jetzt? Diese Fragestellung lag definitiv unausgesprochen in der Luft. Mittagessen war die einhellige Antwort und so machte man sich auf den Weg in das nächstgelegene Lokal. Angelika S. hatte solche Zusammenkünfte immer gemieden. Aus reiner Höflichkeit war sie mitgegangen, hatte sich dann aber nach dem ersten Getränk wieder verabschiedet. Sie vermied es, ihre Kollegen und vor allem ihre Kolleginnen im angetrunkenen Zustand zu erleben. Die jährliche Weihnachtsfeier reichte ihr vollkommen. Nun hatte sie aber keine Ausrede. Der Tag war ihr freigegeben worden und um ehrlich zu sein: sie hatte keinen konkreten Pläne für die nächsten Tage. Also ergab sie sich ihrem Schicksal und tat dasselbe wie die anderen. Sie verzichtete auf den Mittagstisch und widmete sich gleich den alkoholischen Getränken. Sie würde damit leben können, zumindest bis Donnerstag.

B

Die Stimme, die durch das Telefon an sein Ohr drang, schien immer noch gelangweilt zu sein. Der Termin würde am nächsten Tag um sechzehn Uhr sein. Wenn sie Geld wittern, dann geht es flott dahin, dachte er bei sich. B notierte sich die Adresse, die ihm die gelangweilte Stimme durchgegeben hatte auf ein Blatt Papier und legte es neben seine Zigaretten auf den Wohnzimmertisch. Dann stand er auf, ging zu seinem Kühlschrank, den er seit Ewigkeiten in seinem Wohnzimmer stehen hatte und holte sich eine Flasche Corona. Das Gerät, das seit einer geschätzten Ewigkeit seine Getränke kühlte, war sein Erbteil gewesen. Als sein Vater verstorben war, hatte er nichts, ausgenommen der Wohnungseinrichtung hinterlassen. Erinnerungen, ja, aber davon konnte man sich nichts kaufen, und die meisten kosteten auch noch selbst Geld. Walter B hatte sich das Stück ausgesucht und den Rest seinem Bruder überlassen. Mit der mittlerweile geöffneten Bierflasche ging B zu seinem DVD-Regal in dem sich die großen Filmklassiker abseits des Mainstreams befanden. Neben *Flesh for the King*, einem österreichischen Trash-No-Budgetstreifen reihten sich dort internationale Obskuritäten wie *Staplerfahrer Klaus*, *Aktion Mutante* sowie *Ein Zombie hing am Glockenseil* aneinander. Den Umständen entsprechend war heute *Bring mir den Kopf von Alfredo Garcia* an der Reihe. Peckinpahs einziger Film mit dem er auch persönlich zufrieden gewesen war, der Legende nach zumindest. Nach dem ersten Drittel entschied sich B dafür, nun auch zum Tequila zu greifen. Die Bilder auf seinem Plasmaschirm zogen ihn geistig wie körperlich in den Bann. Er würde sich auch einen Kopf holen. Nur mit dem einen Unterschied: U würde er selbst umlegen müssen.

F

Claudia F hatte ihr Handy daheim auf dem Küchentisch liegen lassen. Sie wollte heute Abend nicht gestört werden und sich nicht ablenken lassen. Wenn das Radio Recht behielt, würde das der letzte Abend mit ihrer langjährigen und besten Freundin sein. Als F das Lokal betrat, sah sie, dass Sabine sich schon einen Zweiertisch gekapert hatte. Sie winkte ihr zu. Das Lokal wirkte heute voller als beim letzten Mal, obwohl es ein Wochentag war. Nun, möglicherweise waren sie nicht die einzigen Gäste, die sich noch einmal treffen wollten, bevor – ja bevor eigentlich was geschehen würde? Üblicherweise gab es keinerlei große Begrüßungsfloskeln, wenn sich die beiden trafen. Heute schien es, und es war möglicherweise der Situation geschuldet, als würden sie nicht so recht wissen, wie sie beginnen sollten. So saßen sie etwas angespannt und stumm da, als wäre es ein erstes Rendezvous und keine der beiden wollte etwas falsch machen. In der Zwischenzeit nahm die Kellnerin die Bestellung auf, brachte sie und eröffnete den beiden, dass sie heute ausnahmsweise gleich kassieren müsste. Die Umstände würden sie dazu veranlassen. Man wüsste nicht, was den Leuten im Hinblick auf das drohende Ende alles einfallen würde, und ob sie nach (möglicherweise)eventuellem übermäßigen Konsum diverser Alkoholika noch die Laune haben würden, ihre Rechnungen zu begleichen. Es war eine plausible, wenngleich auch nicht logische Erklärung. Denn selbst wenn hier niemand mehr etwas bezahlte– was wäre die Konsequenz? In weniger als drei Tagen würde es wohl keinen Unterschied machen, ob die Rechnungen beglichen und alle Eingänge auch richtig verbucht worden waren. Mit diesem Gedanken, den Claudia F ihrer Freundin auch sogleich mitteilte, kam das Gespräch in Gang. Er war der notwendige Zündfunken gewesen, um die nächsten Stunden mit intensivem Austausch, Lachen und einigen wenigen Tränen zu füllen.

K

Das Licht am WC schien durch den schmalen Spalt der Tür in den Vorraum. Bis auf das leise vor sich hin spielende Radio war es ruhig in der Wohnung. Der Mond war mittlerweile aufgegangen und schien gespenstisch durch das Küchenfenster herein und tauchte den Frühstückstisch in ein unwirkliches Licht. Der Kaffee war seit Stunden kalt.

DIENSTAG

M

Gegen elf Uhr Mittag wachte M in seinem Wohnzimmer auf dem Teppich liegend auf. Er musste im Schlaf von der Couch gerollt sein, anscheinend hatte er es nach seiner Rückkehr nicht mehr bis ins Schlafzimmer geschafft. Davon zeugten auch seine Schuhe, die sich immer noch an seinen Füßen befanden. Mit den ersten Schritten zurück ins Bewusstsein kamen auch die Kopfschmerzen. Sie waren heftiger als sonst, heftiger als jene, die M ohnehin vertraut waren, und die er jeden Morgen gelassen begrüßte. Die Nacht war, im Hinblick auf seine Mission, ein glatter Reinfall gewesen. Der Auftrag war klar: so viel wie möglich war zu erleben. Das Erleben sollte sich auf den Umgang mit dem anderen Geschlecht konzentrieren, herausgekommen war ein Umgang mit diversen Alkoholika und das in rauen Mengen. Nicht, dass es nicht die eine oder andere Chance gegeben hätte, aber M war aus der Übung. Er hatte sein Tempo noch nicht wieder gefunden. Entweder hatte er sich zu viel Zeit gelassen und die potentielle

Beischläferin wurde von einem Konkurrenten hinaus begleitet oder er war mit der Tür ins Haus gefallen, was nach wenigen Minuten Smalltalk wohl auch etwas zu penetrant gewirkt haben musste. Neutral umschrieben könnte man sagen: es hatte sich eben nichts ergeben. Der Druck in seinem Kopf wurde mit jeder kleinen Bewegung, die das Aufstehen mit sich brachte, unerträglicher. Es hämmerte und es pochte in Ms Schädel. Angenehm war etwas anderes. Als er es endlich bis ins Badezimmer geschafft hatte, durchwühlte er erst einmal seinen Arzneischrank, es mussten sich doch irgendwelche Tabletten darin befinden, die ihm die jetzige Situation etwas angenehmer gestalten würden. Nachdem er die Packung gefunden hatte, drückte er drei Stück aus dem Blister und spülte sie mit einem Schluck Wasser hinunter. Dann betete er um deren Wirkung (zu beten). Still und sichtlich konzentriert saß er auf seinem zugeklappten WC und überlegte sich, was er mit diesem Tag wohl anstellen könnte. Es half alles nichts; wenn er seine Mission erfüllen wollte, dann stünde vorerst einmal ein Frühstück auf dem Plan, gefolgt von einer weiteren und mehrstündigen Schlafphase. Es half alles nichts, wenn er den Abend wieder unter den Lebenden verbringen wollte, musste er die nächsten Stunden, die ohnehin mit diesem für seinen jetzigen Zustand fast tödlichen Tageslicht versehen waren, aus seinem Kalender streichen und auf den bevorstehenden Abend und dessen folgende Nacht warten. Möglicherweise war das ohnehin die bessere Strategie. Was würde er auch tagsüber tun als auf den Abend zu warten, der, wenn man auf ihn wartete, in weiter Ferne schien. Bernhard M erhob sich von seiner Toilette und schlurfte, immer noch die Straßenschuhe an seinen Füßen, in seine Küche, um sich das benötigte Frühstück zu zimmern.

Kurz vor sechs Uhr öffnete Angelika S ihre Augen und stellte sogleich fest, dass sie sich nicht in ihrem Schlafzimmer befand. Mit leichtem Entsetzen drehte sie ihren Kopf nach links und musste sich eingestehen, dass gestern das eingetreten war, von dem sie sich immer versichert hatte, dass es nur geschehen würde, wenn sie es auch wirklich wollte. Nun, ein wenig hatte sie es ja auch gewollt, dazu waren der Alkohol und die –ja, nennen wir sie beim Namen–, Endzeitstimmung gekommen. Der dekadente Tanz auf dem Vulkan. Sie versuchte kurz zu rekapitulieren, warum es ausgerechnet Charles war, mit dem sie sich hier wiederfand. Hatte sie nicht immer ein Auge auf Jerome geworfen gehabt? Egal, sie hatte sich nichts vorzuwerfen — höchstens das, dass sie noch immer hier lag und nicht sofort aufgestanden war. Leise schlüpfte sie aus dem Bett, suchte ihre über den Boden verstreute Wäsche zusammen und verließ das Schlafzimmer, um sich im Nebenraum anzukleiden. Charles durfte auf keinen Fall aufwachen. Es war unbedingt zu vermeiden, dass er ihr seinen Triumph um diese Zeit auf die Nase binden würde. Abgesehen davon graute ihr vor der Vorstellung mit ihm gemeinsam frühstücken zu müssen, ein gemeinsamer Morgenkaffee wäre eine Peinlichkeit, der sie unbedingt aus dem Weg gehen wollte. Sachte schloss sie hinter sich die Wohnungstür, um gleich darauf im Laufschritt die Stufen zum Eingangstor hinab zu huschen. Die Gasse lag wie ausgestorben vor ihr. Anscheinend hatten die meisten Menschen beschlossen, wenn ihnen nur noch drei Tage bleiben würden, auf ihre geregelten Jobs zu verzichten. Konsequenzen waren im vorliegenden Fall ohnehin keine zu befürchten. S musste sich erst einmal orientieren. Es war eine schmale Gasse in der Innenstadt. Auf beiden Seiten ragten mehrstöckige Wohnhäuser in den Himmel, und die Sonne begann sich allmählich ihren Weg zu bahnen. Die warmen Strahlen schienen S den kleinen faux-pas der letzten Nacht vergessen zu lassen, zielstrebig schritt sie, im Widerhall ihrer Absätze, ihre Seite der Gasse entlang.

B

Um zwei Uhr wachte B zum ersten Mal auf. War es ein Geräusch von draußen gewesen oder hatte er seine erste Schlafphase hinter sich gebracht, er konnte es nicht beurteilen, drehte sich um und versuchte für die folgende Stunde wieder Schlaf zu finden. Das nächste Mal war es kurz nach vier. Um sieben, als es nicht mehr abzustreiten war, dass der neue Tag mittlerweile begonnen hatte, stand er auf. Vor seiner Tür lag heute keine Zeitung. Die ersten Triebe der Anarchie, dachte er bei sich und schloss die Wohnungstür. Und seit langem wieder einmal verspürte er den Wunsch nach einer Zigarette. Er verwarf den Gedanken umgehend. Einerseits hatte er ohnehin keine im Haus und andrerseits würde es sich für die nächsten beiden Tage auch nicht mehr auszahlen, ein weiteres Mal mit dem Rauchen zu beginnen. Wenigstens das hatte er zu seiner Zufriedenheit geschafft. Der erste Kaffee würde reichen müssen. Damit setzte er sich an seinen Küchentisch und lauschte zum ersten Mal seit geraumer Zeit den Vögeln vor seinem Fenster. Es musste eine halbe Ewigkeit her sein, seitdem er zuletzt ihr Gezwitscher bewusst wahrgenommen hatte. Trotz dieser Idylle war B in Gedanken bei seinem nachmittäglichen Treffen. Es würde ein Leichtes für ihn sein, endlich einen Ausgleich herzustellen. Er stellte die Tasse auf den Tisch und begab sich in sein Schlafzimmer. Dort öffnete er einen der beiden Kästen, die mit seinen Kleidungsstücken gefüllt waren. Aus dem obersten Regal holte er eine kleine Schuhschachtel hervor und legte sie aufs Bett. Er hob den Deckel ab, schlug das graue Tuch zur Seite und blickte zum ersten Mal seit Jahren wieder auf seine Glock 17.

F

Claudia F war kurz vor Mitternacht wieder daheim gewesen. Die Zeiten, in denen sie ganze Nächte durchgemacht hatte, waren eindeutig vorüber. Ihr Job verlangte ihr ohnehin genügend ab. Nachdem sie sich von Sabine verabschiedet hatte, war sie umgehend nach Hause gefahren. Ihre Wohnung lag still vor ihr– so wie es für leere Wohnungen üblich war–, als sie den Vorraum betrat. F begab sich ins Badezimmer, putzte sich die Zähne, wusch ihr Gesicht und ging ins Bett. Jetzt saß sie in der Morgendämmerung an ihrem Frühstückstisch und überlegte, ob sie zuerst zu ihrer Mutter oder ihrem Vater fahren sollte. Wenn sie, nachdem sie sich angezogen hätte, das Haus verließe, wäre wohl ihr Vater an erster Stelle. Der Besuch bei Gerald würde den morgigen Tag beschließen, das hatte sie sich schon fix vorgenommen. Es sollte alles mit einer klaren Erinnerung an ihn enden, jetzt, wo sie kurz davor stand ihn wiederzusehen.

Als sie auf den Parkplatz vor dem Friedhof einbog, konnte sie direkt bis zum Tor vorfahren. Bis auf zwei andere Lenker hatte hier niemand sein Auto abgestellt. Normalerweise benutzte sie die öffentlichen Verkehrsmittel, wenn sie ihrem Vater einen Besuch abstattete. Heute hatte sie sich aber dazu entschlossen mit dem Auto zu kommen. Sie stieg aus, verschloss den Wagen und machte sich auf den Weg, den sie schon so oft gegangen war. Einmal im Monat sah sie nach dem Grab. Als sie durch die Reihen ging, einen kleinen Strauß Blumen in der linken Hand, erwachten Erinnerungen in ihr: an das Begräbnis, das darauf folgende Beisammensein mit all den Nebenwirkungen solcher Familientreffen. Die meisten Menschen taten sich schwer im Umgang mit dem Tod. Niemand wusste so recht, was er sagen sollte, man versteckte sich hinter Floskeln oder blieb überhaupt still. Die Blumen, die in der schwarzen Vase steckten, ließen ihre Köpfe hängen. Claudia F nahm sie heraus und ersetzte sie durch den kleinen Strauß, den sie mitgebracht hatte. Sie war sich nicht sicher, ob sie ein Gebet sprechen sollte, ob sie sich überhaupt noch an eines aus ihrer Kindheit erinnern konnte, oder ob sie einfach, wie sie es so oft schon getan hatte, ein kurzes Zwiegespräch mit ihrem Vater führen sollte. Geantwortet hatte er noch nie. Und er tat es auch heute nicht. Nun, sie brauchte auch keine Antworten. Es gab keine ungeklärten Dinge in ihrer Beziehung zu ihrem Vater. Sie hatten beide Claudias Jugend überlebt und danach noch genügend Zeit gehabt alles wieder ins Lot zu bringen. Als sie so dastand, bemerkte sie, dass sie nicht die einzige Person zu dieser frühen Stunde auf dem Friedhof war. Zwei Reihen vor ihr, bemühte sich eine ältere Dame, sie war offensichtlich etwas jünger als ihre Mutter, den Efeu, der sich auf dem Grabstein hoch schlängelte, etwas in Form zu bekommen. Mit einer grünen Gartenschere stutzte sie die

Ranken zurecht, sodass man den Namen des Verstorbenen wieder lesen konnte.

K

Der Spalt zwischen Türe und Boden füllte sich allmählich mit Tageslicht, welches auf Christian Ks Schlafsocken fiel. Durch die geschlossene Tür konnte man das laufende Küchenradio vernehmen. Auf dem Frühstückstisch stand immer noch unberührt die Tasse mit dem kalten Kaffee.

S

Nachdem Angelika S ihre Wohnung betreten und eilig ihre Schuhe abgestreift hatte, ging sie ins Bad, legte ihre Kleidung ab und stellte sich unter die Dusche. Mit geschlossenen Augen massierte sie das Shampoo in ihr schulterlanges Haar. Der Duschstrahl traf ihr Gesicht, wie feine Nadeln fühlte sich das kühle Wasser an. Dann seifte sie ihren Körper ein und wusch den Schaum aus ihrem Haar. Nachdem sie mit dieser gewohnten Prozedur fertig war, blieb sie noch mehrere Minuten unter der Brause bis sie das Wasser abdrehte und sich ein Handtuch vom Haken fischte. Nackt stand sie vor dem leicht beschlagenen Badezimmerspiegel und betrachtete sich wie durch einen Weichzeichner. Sie würde noch lange nicht alt sein. Obwohl, das war nun ohnehin einerlei. Die letzte Nacht war eine sonderbare Ausnahme ihres üblichen Rhythmus gewesen, fast ein wenig verboten, wie ihr jetzt schien. Doch es hatte sich, und das musste sie sich nun selbst eingestehen, nicht unangenehm angefühlt. Vor allem jetzt konnte sie noch immer das Begehren von Charles spüren, das ihr am gestrigen Abend, erst nur durch seine immer wieder kehrenden Blicke in ihre Richtung, aufgefallen war. Sie war so vorsichtig gewesen, dass sie die Gesellschaft mit ihm gemeinsam als letzte verlassen hatte. Die anderen waren noch weitergezogen und hatten die beiden zurückgelassen. Andrerseits war ein gemeinsames Zurückbleiben ebenso wie ein gemeinsames Gehen zu werten. Warum machte sie sich überhaupt Gedanken darüber? Sie waren beide erwachsen und niemand Rechenschaft schuldig. Abgesehen davon, wenn das stimmte, was alle aus den Nachrichten vernommen hatten, dann würde es ohnehin keine Peinlichkeiten mehr geben können. Angelika S warf sich ihren Bademantel über und ging in ihre Küche, wo sie die Espressomaschine einschaltete. Mit einem lauten Fauchen rann die koffeinhaltige Flüssigkeit in die Schale. Nach Beendigung des Vorgangs nahm S die Tasse, stellte sie auf eine Untertasse und setzte sich zu Tisch. Die Flamme des Feuerzeugs zuckte auf und setzte die Spitze der Zigarette in Brand. Tief inhalierte Angelika S den Rauch in ihre Lungen. Es gab sie also doch, die Zigarette danach, und sie entfaltete ihre volle Wirkung, während S in sich eine leichte Müdigkeit aufkommen verspürte.

M hatte sich, nicht ohne die Vorhänge zuzuziehen, nach seinem ausgiebigen Frühstück in sein Schlafzimmer begeben. Dort verbrachte er den restlichen Tag. Gegen acht Uhr abends wachte er auf und fühlte sich um Welten besser als bei seinem ersten Versuch aufzustehen. Er war ausgeruht, wohl aber noch ein wenig wackelig auf den Beinen, das würde sich aber nach kurzer Zeit wieder normalisieren. Sein Weg auf die Toilette schaffte Sicherheit, dass alles in bester Ordnung war. Dann setzte er sich, mit einem Glas Bier vor seinen Fernseher und zappte durch die Programme. Es gab einige Berichte über den Tag, wie bestimmte Personen mit ihren letzten Stunden auf Erden umgehen würden, Halbprominente und Sternchen spendeten Wortmeldungen, die wirklich Wichtigen befassten sich wohl mit wirklich Wichtigem. Auf vielen Programmen aber, liefen die üblichen Verblödungssendungen. Es hatte sich nicht wirklich etwas geändert am Verhalten der Erdenbürger. Nun, vielleicht saß ja auch in diesem Moment niemand sonst vor dem Fernsehgerät und die Programme sendeten das, was sie in ihren Speicherbanken hatten. Die Zeiten, in der noch von Hand Filme eingelegt werden mussten, Moderatorinnen die nächste Sendung ankündigten, waren lange vorbei. Nun lief alles vollautomatisiert; was gesendet wurde hatte ein Computer berechnet, und bevor die Bilder in den Wohnzimmern der Nation angekommen waren, waren die Reaktionen schon absehbar. Schöne neue Welt, dachte Bernhard M bei sich, Gott sei Dank war damit bald Schluss.

F

Claudia Fs Mutter saß in ihrem Rollstuhl am Fenster und überblickte somit den großzügig angelegten Garten des Wohnheims. Die Sonne an diesem Vormittag tauchte die angelegten Wege in hellen Schein, auf der Wasseroberfläche des kleinen Teiches spiegelten sich die Blätter der umstehenden Bäume, und vereinzelt hörte man das Zwitschern einiger Vögel. F schloss ihre Arme um die Schultern ihrer Mutter und flüsterte ihr leise ins Ohr. Die alte Dame drehte den Kopf zur Seite, erblickte ihre Tochter, und ein kurzes Lächeln huschte über ihre Lippen. Ihre Mutter war alt geworden. In den beiden Jahren, die sie hier mittlerweile verbracht hatte, war die Zeit spürbar schneller vergangen, hatten die Wochen und Monate tiefere Spuren hinterlassen, als es die Jahrzehnte davor getan hatten. Seit ein paar Monaten sprach sie auch nicht mehr sehr viel. Sie beantwortete zwar Fragen mit kurzen, knappen Sätzen, aber was sie sonst immer getan hatte, aktuelle Ereignisse, ihr Erlebtes zu erzählen, schien ihr nicht mehr wichtig. Sie wartete auf ihren letzten Tag. Nicht, dass sie resigniert hatte, nein, sie war nur einmal kurz darauf eingegangen, dass all das, was sie erleben hatte wollen, schon hinter ihr lag, was jetzt noch kommen mochte, war für sie grundsätzlich nicht mehr interessant; und was konnte hier schon noch geschehen. Sie hatte keine Aufgaben mehr, und Aufgaben hatte sie immer gebraucht. Angelika F setzte sich auf den Sessel neben ihrer Mutter und nahm die Cremeschnitte aus der Papiertragetasche, die mit dem Firmennamen der Konditoreikette bedruckt war. Umständlich entfernte sie das dünne Papier, in dem die Süßspeise verpackt war. Ihre Mutter lächelte wieder und fragte nun, wie es ihr gehe. Für eine tiefschürfende Antwort war der heutige Anlass etwas unpassend. Angelika F wollte einfach nur ein wenig Zeit mit ihrer Mutter verbringen. Es gab keine Notwendigkeit Vergangenes aufzuarbeiten, schlummernde Unstimmigkeiten zu klären, es war die letzten Jahre über alles in bester Ordnung gewesen. Jetzt ging es nur darum, ein wenig Zeit mit der alten Dame zu verbringen, viele Worte waren dazu nicht vonnöten.

M

Das schummrige Licht ließ zu, dass man sich fühlte als wäre man in einer Parallelwelt. M hatte sich dazu entschlossen, den heutigen Abend in einem Etablissement zu verbringen, das seinem Vorhaben unterstützend gegenüber stehen würde. Unter anderen Umständen wäre er hier niemals gelandet. Hätte man ihn darauf angesprochen, ob er jemals eines dieser Lokale aufsuchen würde, er hätte verächtlich „nein" gemurmelt und wäre seiner Wege gegangen. Der Punkt war aber der, dass er es nicht aus moralischen Gründen abgelehnt hätte — die hätte er vorgeschoben —, es wäre ihm einfach peinlich gewesen, sich seines Geldbeutels anstatt seines Charmes zu bedienen. Die Rahmenbedingungen waren nun aber andere, man konnte von „höherer Gewalt" sprechen, und die setzte alle bisherigen Konventionen außer Kraft. Abgesehen davon kannte ihn hier ohnehin niemand, und es schien ihm äußerst unwahrscheinlich, dass er früher oder später von seiner Exkursion berichten würde. Er hatte nicht vor am nächsten, dem letzten Tag, deswegen eine Pressekonferenz zu geben. Bernhard M nippte von seinem Gin Tonic, für 22 Euro musste das Getränk wohl ein wenig länger als sonst durchhalten. Es war kurz nach 21 Uhr und auf der etwas erhöhten Tanzfläche, rekelte sich eine der zur Auswahl stehenden Damen der Nacht an einer Stange. Zugegeben, es war nicht gerade erotisierend für M. Im Endeffekt war es eine Illusion. Er würde bezahlen, wie hunderte vor ihm und wie hunderte nach ihm. Nun, vielleicht würden es in der kurzen Zeit nicht mehr ganz so viele sein, er zumindest aber auch nicht der letzte. Diese Gedanken brachten ihn ein wenig ins Grübeln. Wollte er sein Leben so beenden? Wie schon erwähnt, er hatte keinerlei moralische Bedenken; was ihn aus dem Gleichgewicht warf, war, dass er bezahlen werden müsse, und das kratzte an seinem Ego. Die Nacht war noch jung, wenn er sich jetzt auf den Weg machte, konnte für ihn noch alles möglich sein. M kippte den Gin in einem Zug hinunter, erhob sich von seinem Platz, ließ den Rest Tonic in der Flasche auf dem Tisch stehen und verließ das Lokal. Das Licht der Straßenlaternen spiegelte sich auf dem feuchten Asphalt. Es hatte kurz davor geregnet und mittlerweile aber wieder aufgehört. Die Nachtschwärmer machten sich auf ihren Weg durch die nächsten Stunden und der Verkehr schien, im bezogen auf die Tageszeit, als wäre die halbe Stadt auf Urlaub. Bernhard M machte sich auf, um diese Nacht sein Vorhaben in die Tat umzusetzen.

B

Das Gebäude, in dem sich die Räumlichkeiten der FPU befanden, war ein unscheinbarer Neubau in einem der Bezirke, die in den letzten Jahren mit eben solchen Bauten revitalisiert worden waren. Das hatte auch zur Folge, dass die Durchmischung der Bevölkerung vorhersehbar war. Jungfamilien, Problemfamilien, zugeteilte Mieter, Personen, denen es gleich war, wo sie wohnten, weil sie ohnehin ihre Wohnung nur im dringlichsten Fall verließen. Walter B war mit der Straßenbahn gekommen. Mit einem Taxi vorzufahren war ihm aufgrund seines Vorhabens unpassend erschienen, wobei, langfristig wäre es eigentlich gleich gewesen. M läutete an der Sprechanlage neben dem Schild mit den drei Buchstaben. Die gelangweilte Stimme drang ein wenig verzerrt durch den Lautsprecher. Danach tönte der Summer und B drückte die Türe auf. Ein steril wirkender Flur lag vor ihm, auf linker Seite befand sich der Lift, die beiden Türen führten in einen Müllraum beziehungsweise einen, der mit *Kinderwagen* beschildert war. Man hatte hier also umsichtig geplant. Die FPU befand sich im dritten Stock des Gebäudes. M drückte den Knopf, um den Lift zu rufen. Seine Fingerabdrücke waren nirgends gespeichert. Er war nicht beim Heer gewesen, hatte noch einen der letzten Reisepässe ohne biometrischer Daten und war nie erkennungsdienstlich auffällig geworden. Möglicherweise hatte die Staatspolizei aufgrund seiner subversiven Filmprojekte in der Vergangenheit einiges über ihn zusammen getragen, seine Fingerabdrücke konnten sie auf legalem Weg aber nicht gespeichert haben. Drei Stockwerke konnten eine ganz schön lange Reise darstellen. Die wenigen Sekunden schienen ihm wie Stunden. Vor seinem geistigen Auge spulten sich all die Erinnerungen ab, wie ein Film im Schnelldurchlauf. Szene für Szene. Unter welchen Umständen er Konstantin U damals kennengelernt hatte, wie sie sich auf Anhieb verstanden hatten, die Pläne, die beide geschmiedet hatten und die Projekte, die sie umsetzen wollten. Nach dem ersten war abrupt Schluss gewesen. Die Szene vor Gericht war wahrscheinlich der Höhepunkt des Dramas gewesen. U hatte nicht nur gewonnen, er hatte triumphiert. Er ging als reingewaschener Täter aus dem Saal. Bs Ausbruch wurde von den anwesenden Justizwachebeamten im Keim erstickt und brachte ihm eine Rüge der Richterin ein. Damit war das Kapitel offiziell geschlossen worden. Für B nicht. Nicht, dass er davon besessen gewesen war, nein, aber immer wieder kamen die Erinnerungen zurück, in den langen Nächten, die er mit endlosen Filmmarathons verbrachte, erdachte er sich Strategien und Pläne, wie er zu seinem Recht kommen würde. Die Umsetzung scheiterte an den geltenden Gesetzen und an Bs Energie, die er voll und ganz für seine Arbeit benötigte. Das Filmgeschäft war ein Knochenjob. Im dritten Stock öffneten sich die Aufzugstüren und vor B lag ein Gang, der links und rechts ins schier Unendliche ging. Die FPU hatte ein Schild anbringen lassen. Walter B wandte sich nach links, schritt den Gang entlang und stoppte vor einer weißen Tür mit der Firmenaufschrift. Er klingelte. Umgehend ertönte ein Summer und B trat ein. Er befand sich in einem kleinen Vorraum, von dem drei Türen in weitere Räume zu führen schienen. Die gelangweilte Stimme war gerade dabei sich eine leichte Jacke umzuwerfen, als sie ihn anblickte: *Herr U wartet auf sie, ich bin dann weg, Feierabend*. Ohne ihn eines weiteren Blickes zu würdigen, schnappte sie sich ihre Tasche und verließ das Vorzimmer. Die Tür fiel hinter ihr ins Schloss.

F

Sie war ein wenig aufgeregt. Es war ihr nicht zu verdenken. Die Umstände, die zu diesem Treffen geführt hatten, waren für beide nicht alltäglich. Wobei, dass die beste Freundin einem den Verlobten ausspannt, geschah wohl doch nicht mehr so selten wie F annahm. Sie wollten sich auf neutralem Boden treffen, nicht zu spät und nicht zu lange. Jeder hatte die Möglichkeit den Tisch zu verlassen, wann immer er oder sie das wollte. Nun, die anderen beiden würden wohl gemeinsam gehen, wenn es dazu kam. Thomas ließ sich entschuldigen. Nun, so hatte sie ihn auch in Erinnerung behalten. Er war einer jener Männer, die Pläne schmiedeten, bis ins kleinste Detail planten und dann an deren Umsetzung scheiterten. Und das nicht, weil sie sich zu viel vorgenommen hatten, sondern weil sie unfähig waren überhaupt etwas zu beginnen, sich zu entscheiden. Andrea war damals die treibende Kraft gewesen und Thomas hatte sich gefügt. Andrerseits, wäre da keine Bereitschaft bei ihm gewesen, wäre es wohl anders gekommen. Claudia F hegte keinen Groll. Solche Dinge geschahen, sie verletzten und taten weh, aber sie gehörten nun mal zum Leben. Nach einer kurzen Begrüßung und nachdem beide bestellt hatten, warteten sie still auf ihre Getränke. F brach das Schweigen indem sie fragte, wie es den beiden so ginge. Nun, es ging so, wie zu erwarten war. Mittlerweile hatten sie zwei Kinder, der Alltag verdrängte die Spontaneität und alles lief in geregelten Bahnen. Ja, es war nicht fair gewesen und nein, sie schämte sich nicht. Das beruhigte F. Sie wollte nicht, dass sie anderen zur Last fallen würde und sei es auch nur mehr in der Erinnerung. Es war keine Lossprechung im herkömmlichen Sinn, F wollte nichts anderes als dass die beiden wussten, dass sie keinen Groll ihnen gegenüber hegte, das Leben hatte seinen eigenen Plan. Man konnte Andrea die Veränderung die in ihr vorging als sie Fs Worte vernahm klar ansehen. Es fiel ihr also doch ein Stein vom Herzen, obwohl sie vorher ein wenig kalt gemeint hatte, dass sie es nicht bereue, was vorgefallen war. Die alten Bande waren also doch nicht völlig durchtrennt gewesen. Nachdem Claudia F geendet hatte, sagte Andrea kurz: *warte* und holte ihr Handy aus der Tasche. Sie schien eine Nummer mit einer Kurzwahltaste zu wählen, wartete kurz und sprach dann ein paar Worte, bevor sie sogleich die Verbindung wieder trennte. Es war vorauszusehen, was jetzt passieren würde. Thomas betrat das kleine Café und kam auf ihren Tisch zu. Er begrüßte Andrea und tat das, wohl mit gesenktem Blick auch in Richtung Claudia. Als sich die Gruppe eine Stunde später wieder trennte und in entgegengesetzter Richtung wieder ihrer Wege ging, hatte Claudia F mit dieser Episode ihres Lebens abgeschlossen. Was wohl aus Josef geworden war, dachte sie bei sich. Dass er die Stadt damals verlassen hatte, war das letzte, was alle Beteiligten noch gewusst hatten, danach verlor sich seine Spur nur noch in Erinnerungen an besagten letzten Urlaub.

S

Nachdem S den Vormittag auf ihrer Couch verbracht hatte, dort über einem Magazin eingeschlafen war, erwachte sie gegen Mittag. Der heutige Tag war außerplanmäßig ein freier Tag. Bisher hatte Angelika S ihr Leben selbst geplant gehabt. Sie wusste wann sie etwas tun würde, sie wusste wann sie etwas nicht tun würde, aber vor allem wusste sie es im Vorhinein. Mit dieser neuen Situation schien sie nicht umgehen zu können. Was gab es für Möglichkeiten, an einem Wochentag die Zeit totzuschlagen? S hatte keine unerledigten Dinge, die sie jetzt angehen konnte, es stapelte sich kein Geschirr in der Küche, es gab nichts, das sie immer wieder aufgeschoben hatte und gab vor allem keinerlei Freizeitbeschäftigungen, die sie leidenschaftlich betrieb und denen sie heute etwas Freiraum einräumen könnte. Bisher hatte sie in dem Glauben gelebt, die Herrin ihres Daseins zu sein, dass sie bestimmte was möglich war und was sie tat, sei es auf emotionaler oder funktionaler Ebene, heute stand sie mit ihrer Strategie dem restlichen freien Tag relativ hilflos gegenüber. Also versuchte sie, sich daran zu erinnern, was spontan im Eigentlichen überhaupt bedeutete. Doch spontan war sie nicht. Im Gegenteil, sie musste ihren Plan haben, zumindest eine Woche im Vorhinein wissen, was geschehen würde und am liebsten auch, welche Auswirkung es haben könnte. Die meisten Menschen gingen spontan ins Kino. Aber ins Kino zu gehen, um sich einfach einen Film anzusehen, konnte sie im Grunde ihres Wesens gar nicht leiden. Entweder gab es einen Film, der sie interessierte, dann sah sie ihn sich an, war das nicht der Fall, musste sie auch nicht ins Kino. Ihr Freundeskreis bestand zum Großteil aus ebenso desillusionierten Personen wie sie selbst eine war. Ihre Hauptbeschäftigung war ihr Job, nicht ihr Privatleben, das sie gestern seit langem wieder einmal entdeckt hatte. Ob Charles heute vor einem ebenso großen Problem wie sie, sich die Zeit zu vertreiben, stand? Sie verwarf den Gedanken gleich wieder. Was sollte er von ihr glauben, dass sie nach dieser einen Nacht nun seine hörige, sich ihm unterwerfende Gespielin geworden war. Nie und nimmer würde das der Fall sein. Ihre Wahl fiel auf das Kunsthistorische Museum. Sie war lange nicht mehr dort gewesen und es war eines der wenigen Museen, das sie auch wirklich interessierte. Außerdem war es selten von Kindergruppen besucht, ein weiterer Punkt für diese Freizeitgestaltung. Wenn sie Glück hatte, wobei sie nicht an Dinge wie Glück und Schicksal glaubte, gab es vielleicht zur Zeit gerade eine Sonderausstellung, an der sie möglicherweise Gefallen fand. Es würde sich weisen. Angelika S ging in ihre Küche, warf die Espressomaschine an und holte eine Zigarette aus der Verpackung. Der Krebs würde sie nicht besiegen, dachte sie bei sich, dazu müsste er sich wohl etwas zu sehr beeilen. Eine viertel Stunde später verließ sie, frisch gekleidet, ihre Wohnung. Als sie vom Haus auf die Straße trat, schien es ihr, als wäre es an diesem Dienstag ruhiger als sonst.

K

Es war schon finster als Christian K aus seinem diffusen Zustand erwachte. Er sah sich kurz um und verspürte ein Hungergefühl wie er es schon lange nicht mehr kannte. Er reinigte sich, betätigte die Spülung und verließ die Toilette. In der Küche blickte er auf die Uhr mit der digitalen Anzeige, die sowohl die Zeit wie auch Datum und Wochentag mit Leuchtziffern in den mittlerweile dunklen Raum warf. K schaltete das Licht ein. Auf dem Tisch stand eine Tasse mit kaltem Kaffee. K leerte die Flüssigkeit in die Abwasch, nahm eine Flasche Mineralwasser, die daneben stand und goss sich ein Glas davon ein. Zu diesem mächtigen Hungergefühl hatte sich mittlerweile ein ebenso großer Durst gesellt, den er mit einem, nachdem er das erste in einem Zug ausgetrunken hatte, weiteren Glas Mineralwasser zu stillen versuchte. Danach öffnete er die Tür seines Kühlschranks, holte eine Plastikbox mit einem Etikett daraus hervor und leerte deren Inhalt in einen Topf, der vorbereitet auf dem Herd stand. Die Bildabfolge neben dem Herd erinnerte ihn daran, den Schalter für die richtige Platte zu betätigen, danach stellte er eine Eieruhr auf sieben Minuten und holte, wieder erinnert durch ein Bild, einen Kochlöffel aus einer Küchenlade, um damit im Topf für die nächsten Minuten umzurühren. Es war kurz vor zwanzig Uhr als die Eieruhr Laut von sich gab.

MITTWOCH

B

B saß die ganze Nacht über vor dem Fernsehgerät in seinem Sessel. Die Filme, mit denen er versucht hatte sich vom Geschehenen abzulenken, verfehlten ihre Wirkung. Wie ein Film flimmerten die Erlebnisse des Nachmittags über sein inneres Auge. Immer und immer wieder. Nonstop. Als wäre der Videorecorder darauf programmiert, den gleichen Film so lange abzuspielen, bis jemand den Stecker zog. Er konnte sehen wie ihn Konstantin U mit erstaunten Augen ansah, als er dessen Büro betreten hatte, wie Verwunderung einem süffisanten Grinsen wich, das B nur noch sicherer in seiner Entscheidung machte. Us Blick erstarrte, als B die Glock aus seiner Jackentasche zog, zielte und umgehend abdrückte. Der erste Schuss ließ U in seinen Sessel zurückfallen, der zweite bestätigte seine Sitzposition und der dritte ließ alle Erinnerungen, alle Gedanken von U an die Fensterscheibe hinter ihm spritzen. Danach verließ Walter B das Büro, fuhr mit dem Aufzug ins Erdgeschoss und schlenderte, wenn auch wie in Trace zur Straßenbahnstation.

Dort nahm er die nächste Garnitur der Linie und fuhr in eines der Lokale, die er zwar kannte, aber äußerst selten frequentierte. Nach mehreren Whiskeys, die in dieser Situation keinerlei Wirkung zeigten, verließ er das Lokal gegen zwanzig Uhr und machte sich auf dem Heimweg. Kurz bevor er daheim angekommen war, aß er noch eine Kleinigkeit an einem der zahlreichen Stände, die es in der Umgebung seiner Wohnung gab. Zuhause ließ er sich in seinen Fernsehsessel fallen und betätigte die Fernbedienung. Das Blut auf dem Bildschirm war ihm plötzlich fremd geworden.

F

Fs Bruder hatte zugesagt sie um die Mittagszeit in ihrer Wohnung zu besuchen. Zwar hatte er ihr Ansinnen nach einem Treffen etwas abgetan, sie würde übertreiben, wie sie es seiner Ansicht nach eben immer getan hatte, doch ließ er sich erweichen. Jetzt war auf den Schlag zehn Uhr und Claudia F lag in ihrem kleinen Wohnzimmer auf der Ausziehcouch und las in einem Buch. Auch dieses, wie so viele andere, würde sie nicht mehr fertig lesen. Doch es ging ihr gar nicht darum. Sie las einfach gerne, verbrachte Stunde um Stunde mit den Protagonisten der Erzählung, versetzte sich in deren Lage, überlegte was sie wohl in deren Situation tun würde und las neugierig weiter, wie sich die Person im Buch weiter entscheiden würde. Manchmal kam ihr ihr eigenes Leben vor, als wäre es von jemandem erdacht worden, der, genau in diesem Moment, die Wörter zu Papier brachte, sodass sie weiterleben konnte. Nun, diese Person hatte sich wohl dazu entschlossen, die Geschichte morgen enden zu lassen. Würde es Schlag Mitternacht so weit sein? Würde sie schon schlafen oder kein Auge zubekommen, um zu erleben wie es denn nun geschehen würde? Würde ihre und die Existenz aller anderen Menschen auf diesem Planeten mit einem Schlag ausgelöscht sein? Würde sie danach wissen, dass es vorbei war? Im Eigentlichen waren diese Fragen sinnlos, Antworten darauf würde sie jetzt ohnehin keine finden. Die absolute Sicherheit würde sie morgen haben. Jetzt aber befand sie sich auf ihrer Couch und ließ sich ganz und gar in die Seiten ihres aufgeschlagenen Buches fallen. Was würde es viel ändern, wenn sie die Antwort schon jetzt kannte?

M

Im ersten Moment hatte M definitiv keine Ahnung wo er seine Augen öffnete. Er lag in einem Bett auf der rechten Seite und fühlte neben sich die Wärme eines weiteren Körpers. Sein Schädel brummte heute ausnahmsweise nicht. Neben ihm lagen auf einem Nachtkästchen eine Packung Zigaretten, mehrere noch geschlossene Kondome und ein Aschenbecher. Bernhard M fummelte eine Zigarette aus der Packung und bemerkte erst jetzt, dass er auch ein Feuerzeug benötigte, um sie rauchen zu können. Er warf einen kurzen Blick neben das Bett wo er seine, offensichtlich hastig ausgezogene Hose liegen sah. In einer der Taschen musste sich sein Feuerzeug befinden. Er beugte sich hinunter, durchsuchte die Taschen und wurde nicht fündig. Entweder würde er sich nun zur Seite drehen und versuchen wieder einzuschlafen oder er musste sich auf die Suche nach einem Feuerzeug machen. Da er sich dem Anschein nach in der Wohnung einer Raucherin befand, würde das wohl auch ein zufriedenstellendes Ergebnis bringen. M setzte sich auf und verließ, leise sowie nackt, das Bett. Er verzichtete auf einen ersten Blick auf die auf der anderen Seite des Bettes noch Schlafende und verließ das Schlafzimmer. Durch einen schmalen Gang kam er in eine Küche, wo auf dem Tisch ein weiterer Aschenbecher mit dazugehörenden Zigaretten stand. Daneben ein Feuerzeug. M setzte sich nackt auf einen der Stühle, nahm das Feuerzeug und zündete sich seine Zigarette an. Als er seinen Blick schweifen ließ, bemerkte er eine volle Abwasch, in der sich Teller und Gläser stapelten. Nun, es war ganz egal, ob jetzt noch abgewaschen wurde. Wozu auch, morgen würde es ohnehin obsolet sein. Langsam begann er sich an den letzten Abend und die darauf folgende Nacht zu erinnern.

K

Ks Wecker läutete. Umgehend öffnete er seine Augen, setzte sich auf und verließ daraufhin sein Bett. Sein erster Weg führte ihn, wie an jedem Morgen in die Küche. Dort bereitete er sich, nach einer bebilderten Anleitung eine Tasse heißen Kaffee zu. Diese stellte er auf den Küchentisch um daraufhin das WC aufzusuchen. Dort stellte er eine Eieruhr auf zehn Minuten, zog seine Pyjamahose hinunter und setzte sich. Nachdem die Zeit mit leisem Ticken abgelaufen war, reinigte er sich, zog sich die Hose wieder hinauf und spülte. Danach ging er wieder in die Küche, setzte sich an den Tisch und nahm einen Schluck aus der Tasse. Dann warf er einen Blick auf die Uhr, die ihre Leuchtziffern in den Raum warf. Heute war Mittwoch, der Tag der Woche an dem er frei hatte. Seine Mutter würde auf Besuch kommen, nachsehen was alles zu tun war, selbiges erledigen um dann mit K einkaufen zu gehen. Sie würden gemeinsam den Speiseplan für die nächsten Tage erstellen, die dafür benötigten Lebensmittel aus dem Supermarkt holen. Er musste sich sputen und würde, so wie jeden Mittwoch, auf sein Frühstück vergessen. Christian K ging in das Badezimmer und drehte die Dusche auf. Die Temperatur war voreingestellt. Alles hatte seinen Ablauf, dieser Tag wie alle anderen.

S

Die erste Zigarette des Tages in Begleitung eines Espressos ließ sie den Gedanken fassen: Sie würde Charles anrufen. Was er sich denn für den letzten Tag, der ihnen noch bleiben würde, vorgenommen hatte. Sie würde ein Treffen vorschlagen und abwarten, was er dazu zu sagen hatte. Was hatte sie zu verlieren? Ihr gestriger Ausflug in ein Museum hatte ihr gezeigt, dass sie nicht dazu geschaffen worden war, einfach nur die Zeit tot zu schlagen. Entweder war die ganze Sache geplant oder es gab einen Termin, alles andere würde sie überfordern. Und wenn es für den heutigen Tag keinen Termin im Büro gab, dann würde sie sich eben selbst einen organisieren. Es war ihr gleich, ob es der erste oder der letzte Tag ihres Lebens sein würde. Ein Tag ohne Termin würde jedenfalls ein verlorener sein. Angelika S dämpfte ihre Zigarette aus und steckte sich eine weitere an. Der Gedanke an Charles ließ sie etwas nervös werden. Mit dem nächsten Zug hatte sie sich wieder im Griff und nahm das Handy, das neben dem Aschenbecher lag. Sie hatte Charles´

Nummer nicht. Wieso denn auch? Ihre Arbeitskollegen hatten mit ihrem, zugegeben relativ ereignislosen Privatleben nichts zu tun. Sie öffnete den Webbrowser ihres Smartphones und tippte Charles´ vollen Namen in das kleine Fenster der Rufnummernauskunft ein. Es gab drei Einträge zu seinem Namen. Nachdem sie am vorigen Tag aber eben genau an jener Adresse aufgewacht war, die nun als erste aufschien, markierte sie die Nummer und drückte auf „wählen". Es läutete zweimal, dann wurde abgenommen.

F

Gegen zwölf Uhr mittags läutete es an Claudia Fs Wohnungstür. Sie legte das Buch zur Seite und stand auf. Als sie die Tür öffnete stand ihr Alexander gegenüber. Er hätte nicht viel Zeit, es wäre noch einiges zu erledigen. Sie bat ihn herein, und beide ließen sich in Fs Wohnzimmer nieder. Den Kaffee lehnte er dankend ab. Er war etwas nervös, zumindest schien es F so. Jetzt bemerkte sie, dass sie eigentlich relativ wenig von ihm wusste. Die ein, zwei Mal, die sie sich im Jahr sahen, waren immer recht kurz gehalten, und seitdem ihre Mutter in diesem Pflegeheim wohnte, waren die familiären Bande relativ ausgedünnt. Ein Gesprächsthema, abgesehen vom offensichtlichen, wollte sich nicht so recht einstellen. Also begann F davon zu erzählen, dass sie gestern ihrer beider Mutter besucht hatte. Ja, es gehe ihr gut. Alexander F nickte. Betrachtete er sie nur noch als Last? Er hatte damals an ihrem Umzug nur wenig mitgewirkt, wollte sich nicht so recht damit befassen. Aber was war der Grund gewesen? Dass ihre Endlichkeit nun offensichtlich geworden war? Betrachtete er den Heimplatz nur noch als Zwischenstation, dem das Offensichtliche folgen musste. Für ihn war es wie ein Schwebezustand, denn im Endeffekt war ihr Platz dort lediglich der Warteraum zur großen Unendlichkeit. Und das mochte ihn an seine eigene Endlichkeit denken lassen. Er hatte immer schon im Hier und Jetzt gelebt, hatte sich keine Gedanken an morgen gemacht, vielleicht war er deshalb jeglicher tiefer gehenden Bindung aus dem Weg gegangen. Und nicht, weil er es schwer hatte eine Partnerin zu finden, im Gegenteil, sie hatten sich die Türschnalle in die Hand gegeben, waren Schlange gestanden. Doch ihm schien das alles, zumindest nach außen hin, egal gewesen zu sein. Er hatte immer gesagt, er könnte die Vorzüge des anderen Geschlechts, ohne jeglicher Nebenwirkungen genießen. Und er hatte diesen Zustand auch eine Zeit lang offensichtlich genossen. Danach war es aber nicht so gekommen, dass er seinen Hafen gefunden hatte, so wie es viele sonst erlebten. Er war womöglich einer jener Menschen, die sich nicht an eine andere Person binden konnten. Und damit ersparte er sich ja auch die eine oder andere Achterbahnfahrt seines Lebens, dachte Claudia F bei sich, als sie in der Küche stand und Kaffee zubereitete, zu dem sie ihn schließlich doch noch hatte überreden können. Dadurch schien das Gespräch aber auch nicht an Fahrt aufzunehmen. Die Pausen zwischen ihren Sätzen wurden immer länger und die Stille, die den Raum erfüllte, schaffte eine unheimliche, wenn nicht gar peinliche Atmosphäre. Er war ihr Bruder, sie kannte ihn ihr ganzes Leben lang, und jetzt, wenn es dem Ende entgegen ging, hatten sie sich nichts zu sagen. Verbissen suchte sie nach einer Erinnerung, die beiden möglicherweise eine liebe gewesen sein konnte. Es fiel ihr nichts ein, zumindest nichts, worauf

Alexander zu reagieren schien. War es die Situation, in der sie sich beide befanden, oder hatte er sich mittlerweile so weit entfernt, dass sie wirklich nichts mehr gemeinsam hatten bis auf ihren Nachnamen?

M

Sie hatten gute zwei Stunden warten müssen, bis es endlich an der Türe klingelte und der junge Mann mit ihrer Bestellung vorstellig geworden war. Es gab eine Masse an Bestellungen, anscheinend wollte niemand mehr die knappe Zeit mit Kochen vergeuden. Er war nicht lange alleine in der Küche gesessen. Sie hatte bemerkt, dass seine Seite des Betts leer gewesen war und hatte sich auf die Suche nach ihm gemacht. Sie tranken beide Kaffee, rauchten einige Zigaretten und landeten umgehend wieder im Bett. In seinen letzten Stunden war er monogam geworden. Bei dem Gedanken musste er kurz auflachen und sie fragte, was denn so lustig sei. Er tat es ab, widmete sich wieder ihrem Körper und sie gab sich, der Ablenkung geschuldet mit seiner platten Antwort zufrieden. Er versuchte sich die ganze Zeit über an ihren Namen zu erinnern, der ihm aber nicht und nicht einfallen wollte. So blieb er beim Du und war froh darüber, dass ihr Beisammensein wenig Konversation erforderte. Jetzt saßen sie wieder in der unaufgeräumten Küche, teilten sich die Pizza, wie sie sich vorher das Bett geteilt hatten, und schlangen die Stücke regelrecht hinunter.

Bernhard M hatte sich seit langem nicht mehr so wohl gefühlt wie jetzt. Er hatte das Gefühl schon vergessen gehabt, das einen in solchen Momenten erfüllte. Doch hatte er wirklich so lange warten müssen, war es den Umständen geschuldet, oder ihn das Schicksal so lange vergessen gehabt? Zu viele Gedanken, dachte er bei sich. Zu viele Gedanken, die ohnehin zu nichts führen würden. Sie schob das letzte Stück Pizza in ihren Mund und kaute. Er sah sie an, sie erwiderte seinen Blick und beide standen auf und machten sich auf den Weg ins Schlafzimmer.

B

B saß noch immer vor dem Fernsehgerät. Gegen Morgen war er in einen unruhigen Schlaf gefallen, sein Kopf, der ihm auf die Brust gesunken war, zuckte immer wieder, er öffnete die Augen, nahm seine Umgebung diffus war und schlief wieder ein. Kurz vor Mittag schreckte er hoch, warf einen Blick auf den Fernsehschirm und beschloss, erst einmal die Toilette aufzusuchen. Es war so, als würde man auf einen Zug warten, der Verspätung hatte. Man wusste nicht, was man mit seiner Zeit anfangen sollte. Walter B ging in seine Küche und öffnete den Kühlschrank. Zwei Flaschen Bier waren noch da. Er nahm eine davon heraus und öffnete sie. Die kalte Flüssigkeit lief seine Kehle hinunter und zum ersten Mal seit seinem Besuch bei seinem alten Geschäftspartner, fühlte er sich ein wenig ruhiger. Anscheinend löschte man ein Leben doch nicht so ohne weiteres aus. Nun, er hatte es verdient gehabt. B war nicht der einzige gewesen, der unter Us Geschäftspraktiken herbe Verluste hatte einstecken müssen. Ein Arschloch vor dem

Herren, dachte B bei sich. Er leerte die Flasche in einem weiteren Zug und öffnete die zweite. Dann nahm er die Tequilaflasche, die auf dem Tisch stand, und ging mit beiden wieder zurück in sein Wohnzimmer. Er setzte sich in seinen Sessel und starrte auf den Schirm. Der Alkohol begann zu wirken. Die Nervosität und die Schwere, die sich eingestellt hatten, schienen nun erträglicher zu werden. Er nahm die Fernbedienung zur Hand und begann durch die Kanäle zu surfen, auf der Suche nach dem Sinn seines letzten Tages.

K

Christian Ks Mutter besaß einen eigenen Schlüssel. Damit öffnete sie jetzt die Wohnungstür. Es war Punkt zehn Uhr. K saß am Frühstückstisch, die Kaffeetasse war leer. Er hatte gewartet, so wie er es immer tat. Seine Mutter umarmte ihn, stellte eine Tragetasche aus Papier auf den Tisch und holte zwei in Plastik verpackte Cremeschnitten daraus hervor. Sie wusste, dass er mittwochs nie frühstückte. Gemeinsam aßen sie das Mitgebrachte. Danach kontrollierte Ks Mutter den Kühlschrank. Sie schrieb auf einen Zettel, was ihrer Meinung nach fehlte, und drehte sich dann zu Christian K um. Was er denn bis zum Wochenende essen wollen würde. Er zählte seine Leibspeisen auf, zumindest die, von denen er glaubte, dass sie es wären, und seine Mutter notierte routiniert deren Zutaten. Danach machten sich beide auf in den um die Ecke gelegenen Supermarkt. Christian Ks Mutter war überhaupt nicht erfreut gewesen, als sich herauskristallisierte, dass es an der Zeit war, dass ihr Sohn nun endlich alleine leben sollte. Er hatte doch alles, was er brauchte, war ihr Argument gewesen. Er konnte doch gar nicht alleine leben. Für sie war er damals hilflos, gefangen in seiner eigenen Welt, in der für sie nur ein kleiner Platz vorhanden war, und der sollte nun auch verschwinden. Doch die Zeit tat das Ihrige dazu, und Christian K fand sich zurecht in seiner Wohnung, auf seinem Arbeitsweg und in seinem Leben. Natürlich war für Außenstehende die Monotonie seines Alltags schwer verständlich, die ewig gleichen Abläufe, alles war an seinem Platz und musste auch dort bleiben. Die zeitlichen Routinen, die auf andere wie ein Korsett, ja wie ein Gefängnis wirkten. Und das waren sie möglicherweise auch, für Christian K aber waren sie Struktur, Sicherheit und sein Schutz gegen die Angriffe der Unregelmäßigkeit und der Unordnung. Als sie wieder heimkamen, verstaute seine Mutter die Einkäufe an den dafür vorgesehenen Plätzen und machte sich daran, ein Mittagessen zuzubereiten. Dass er die letzten beiden Tage nicht arbeiten gekommen war — der Anruf hatte sie erreicht kurz bevor sie sich auf den Weg zu ihm gemacht hatte —, erwähnte sie mit keiner Silbe. Mittlerweile wusste auch sie, dass das keinen Sinn machen würde. Die Nachricht aus dem Radio ebenso nicht. Es würde ihn nur beunruhigen, wenn überhaupt. Anfang und Ende waren für ihn keine Begriffe im herkömmlichen Sinn, er brauchte einen Impuls, um Dinge zu beginnen, und er benötigte so etwas wie ein Stoppschild, um sie wieder zu beenden, zumindest im Regelfall. Nach dem Mittagessen, während Christian K ein kurzes Schläfchen hielt, kümmerte sie sich um seine Wäsche, danach saugte sie den Teppich, das Zeichen für ihn, dass er wieder aufstehen konnte. Christian K freute sich über die Besuche seiner Mutter, konnte es aber nicht so recht zeigen. Mittlerweile aber hatte sie gelernt die kurzen Blicke richtig zu deuten, die eben genau das aussagten. Sie hatte lange gebraucht sich an diese Gegebenheiten zu gewöhnen, die ihr immer noch ein wenig fremd schienen.

So etwas war ihr bisher noch nie passiert. Charles, jetzt nur noch Karl für sie, hatte sie am Telefon regelrecht ausgelacht. Was sie denn glaube, dass er den letzten Tag mit ihr verbringen wolle, ausgerechnet mit ihr. Sie, die als kalte Gouvernante im Büro, uninteressiert an ihren Kollegen, nur darauf aus war, die Leiter so schnell wie möglich hinauf zu fallen. Nein, nein, er würde heute Besseres vorhaben. Aber, und das betonte er, es war eine interessante Erfahrung, die er noch hatte machen dürfen; die Gouvernante hatte sich in ein wildes Tier verwandelt, meinte er, nicht ohne einige pikante Details zu erwähnen, die sie erröten ließen, in diesem Fall aber vor Zorn. Verletzt und gekränkt schleuderte sie ihr Smartphone in eine Ecke und fischte darauf eine Zigarette aus der Packung. So ein Ekel, dachte sie bei sich, und sie war mit ihm ins Bett gestiegen, hatte bis vor kurzem noch interessiert an ihn gedacht, hatte sich ausgemalt wie der Abend verlaufen könnte. Mit diesem Mann wollte sie ihre letzten Stunden verbringen. Tief sog sie den Rauch in ihre Lungen. War sie wirklich so? Nahm man sie wirklich so wahr? Was war falsch daran, sich auf seine Karriere zu konzentrieren? Sie hatte keine Kinder, sie konnte niemanden vernachlässigen. Sie dachte an sich, ja, aber an wen sollte sie denn sonst denken, es war ja niemand da, nie da gewesen. Sie hatte immer schon, von klein auf schon, gewusst, was sie wollte, wohin sie wollte – wer hatte das Recht sie dafür zu verurteilen? Aber wohin hatte es sie geführt? Sie saß an ihrem Küchentisch und wurde ausgelacht. Und das nach all dem, was sie erreicht hatte.

F

Nachdem sie die Nachricht vernommen hatte, setzte sie sich und starrte an die gegenüberliegende Wand. Sie brachte die nächsten Stunden kein einziges Wort heraus, konnte mit niemandem telefonieren und saß regungslos in ihrem Wohnzimmer. Die Wochen danach waren keineswegs die Hölle gewesen, die kam erst später auf sie zu, denn sie fühlte gar nichts. Keinen Schmerz, keine Trauer, einfach nichts. Das Begräbnis ging spurlos an ihr vorüber, all die Beileidsbekundungen und all die Angebote, dass sie sich melden solle, wenn sie etwas brauchte. Doch nach dieser Zeit der Versteinerung, der emotionalen Leere, kam der Schmerz. Und er packte sie mit seinen Klauen und ließ sie das ganze nächste Jahr über nicht mehr los. Es gab keine Linderung, es gab nichts, was half. Sie musste hindurch und das alleine. Nachdem sie in dieses bodenlose Loch gefallen war, verbrachte sie die nächsten Wochen auf ihrer Couch. Es herrschte eine Totenstille in der Wohnung, sie aß nichts, dafür trank sie umso mehr Wein. Sie suchte ihren Arbeitsplatz nicht mehr auf, und sie pflegte ihre Freundschaftskontakte nicht mehr. Jetzt stand sie hier. Gruppe 7, Reihe 5, Grabnummer 13. Der Schmerz war schon lange neuer Lebensfreude gewichen, die wieder getrübt worden war, um danach abermals zu erwachen. Insgeheim glaubte sie jetzt an all das, was man ihr als Kind erzählt hatte. Es musste doch irgendetwas geben, es konnte doch nicht alles umsonst gewesen sein. Die typischen, zutiefst menschlichen Überlegungen, an denen man sich festklammerte, dachte sie bei sich. Doch sie wollte ihn so gerne wieder sehen, zumindest einmal noch. Claudia F legte den Blumenstrauß nieder, warf noch einen Blick auf den Stein mit Geralds Namen, drehte sich um und ging mit langsamen Schritten Richtung Ausgang.

M

Das letzte Mal, dass ihm so etwas passiert war, musste vor Jahrzehnten gewesen sein. Er konnte sich nicht mehr so recht daran erinnern, aber es war real gewesen, genauso real wie das hier. Bernhard M wachte nun zum wiederholten Male auf und drehte sich auf die Seite, um sich zu vergewissern, dass all das, was bisher geschehen war, nicht nur seiner Phantasie entsprungen war. Aber es war real, sie saß neben ihm im Bett und las in der Zeitung vom Vortag. Als sie bemerkte, dass er mittlerweile wieder wach geworden war, legte sie die Zeitung beiseite, beugte sich zu ihm hinunter und küsste ihn. Das war für M das Zeichen. Er erwiderte ihren Kuss, bewegte sich hoch zu ihr und umarmte sie. Er war sich nicht genau sicher, wer sich nun an wem stärker festhielt. Aber so lange es beide taten, war alles gut. Jetzt schob sie ihn von sich weg, sprang aus dem Bett und lief ins Badezimmer. M hörte wie die Brause aufgedreht wurde, nach einer Weile die Klospülung, und wie sie danach offensichtlich unter die Dusche schlüpfte. Bernhard M verließ das nunmehr gemeinsame Bett, um sich ebenfalls ins Bad aufzumachen. Die letzte Nacht konnte ohne weiteres beginnen.

B

Seine Armbanduhr zeigte 21:47. Es waren also noch gut zwei Stunden bis Mitternacht. Walter B war mittlerweile betrunken. Das Geschehen in seinem Fernseher nahm er nur noch in Grundzügen wahr, seine Gedanken waren wirr und er fragte sich, warum es so lange dauerte. Normalerweise verging die Zeit wie Flug, jetzt hatte sich jede Sekunde dazu entschieden eine Stunde zu benötigen, um zu vergehen. Der Tequilaflasche waren eine halbe Flasche Kubanischer Rum, sowie eine Flache Merlot gefolgt. Ob er morgen mit einem Kater aufwachen würde, war B gleichgültig. Es würde kein Morgen geben, ebenso wenig wie es ein Gestern oder ein Heute gegeben hatte. Es war ohnehin alles sinnlos gewesen. Vor knapp einer Stunde hatte er mit seiner Glock mehrere Schüsse in die Wand abgegeben, niemand hatte darauf reagiert, niemand hatte an seine Tür geklopft oder die Polizei gerufen. Diese Stadt ging nun völlig den Bach hinunter, wie sie das seit langem schon getan hatte. Jetzt betrachtete B die Einschusslöcher in seiner Tapete. Eine filmreife Kulisse, dachte er bei sich. Dann griff er zur Merlotflasche und musste feststellen, dass sie leer war. Seine letzte Zigarette hatte er kurz nach seinem Schussattentat geraucht. Es war zum Verzweifeln. Wie immer, schien kurz vor dem Ende noch eine Wendung zu kommen, die nicht zu erwarten gewesen war. Er hob die Glock vom Boden neben seinem Sessel, wohin er sie nach den Schüssen hatte fallen lassen, auf, bedachte sie mit einem kurzen Blick, dann setzte er sie an seine Schläfe und drückte ab. Ein leises Klicken und der nächste Gedanken zeigten ihm, dass das Magazin leer war.

S

Angelika S saß auf ihrer Wohnzimmercouch und blickte starr in ihr Fernsehgerät. Ein alter Kriminalfilm in schwarz weiß flimmerte über den Schirm. Sie langweilte sich. Sie hatte sich in ihrer Wut nicht einmal den Kopf zerbrechen können, was sie heute tun würde, und so hatte sie es aufgegeben. Es wäre ohnehin egal. Morgen würde die Welt schon wieder anders aussehen, oder eben gar nicht mehr aussehen. Sie war der Handlung schon um einiges voraus, wartete nur noch auf die Bestätigung wer der Täter war, um dann endlich ins Bett gehen zu können. Sie wollte das Ende verschlafen, es würde kommen, egal ob sie wach war oder eben nicht. Charles beziehungsweise Karl, was würde dieser Idiot jetzt wohl machen? Sie schüttelte sich bei dem Gedanken an ihn, obwohl sie – und das wusste sie natürlich –, doch gern wüsste, was er jetzt tat. Oder mit wem. Nun, für eine Entschuldigung ihres Auftretens, ihres Gehabes und ihrer ganzen Person war es mittlerweile doch etwas zu spät. Ein Leben konnte sich zwar im Bruchteil einer Sekunde schlagartig ändern, damit es andere bemerkten, benötigte es aber etwas an Zeit. Und Zeit war genau das, was sie nicht mehr hatte.

K

putzte seine Zähne. Danach spülte er seinen Mund, wusch die Borsten seiner Zahnbürste und den Becher aus und stellte beides an seinen angestammten Platz. Danach wusch er sein Gesicht, trocknete sich ab, hängte das Handtuch zurück an den Haken und kämmte seine Haare, mit einer Bürste, die er umgehend wieder an ihren Platz zurücklegte. Dann schaltete er das Badezimmerlicht aus und ging auf direktem Weg in sein Schlafzimmer. Er streifte seine Hausschuhe ab, schlug die Decke zur Seite und schlüpfte darunter. Dann warf er einen Blick auf die Uhr, es war 21 Uhr 59. Eine Minute noch, dann konnte er das Licht löschen. Als seine Mutter heute, nachdem sie das Abendessen zubereitet, mit ihm gegessen und dann den Abwasch gemacht hatte, wieder gegangen war, war Christian K vor dem Fernseher gesessen und hatte sich eine Gameshow angesehen. Die Antworten auf die meisten Fragen hatte er nicht gewusst, erst als er sie vernommen hatte, speicherte er sie ab und konnte, bei Bedarf darauf zurückgreifen. Er sah gerne Gameshows und

Quizsendungen. Als der Zeiger auf die volle Stunde umsprang, beendete Christian K seine Gedankengänge, löschte das Licht und zog die Decke hoch. So schlief er ein.

Die Nachricht

Die Nachricht schlug ein wie eine Bombe. Sie kam an diesem Donnerstagmorgen unerwartet durch das Radio. Was trotz aller Dramatik die Nachricht relativierte, war, dass die Welt sich ohnehin gerade wieder am Rande des Abgrunds befand. Die rechte Faust ballte sich über der nördlichen Halbkugel, der südliche Teil versuchte sich gegenseitig an Unmenschlichkeit zu überbieten, schlachtete sich gegenseitig ab, und der Rest versank in Fluten, Waldbränden, verdorrten Feldern, Krankheiten und Seuchen sowie anderen apokalyptischen Szenarien. Es gab also ohnehin kein Entkommen aus dem Wahnsinn. Die Stimme aus dem Radiogerät hatte kurz und bündig darüber informiert, dass jene Nachricht, die am Montagmorgen wie ein Lauffeuer um den Erdball gegangen war, nichts anderes als eine Fehlfunktion eines Mitarbeiters in Helsinki gewesen war. Menschliches Versagen, sozusagen. Man möchte sich für etwaige Unannehmlichkeiten entschuldigen, vor allem auch, dass der Mensch selbst, immer noch das schwächste Glied der Nachrichtenkette sei; von Beschwerden sei aber bitte, und das würden die werten Hörer und Hörerinnen sicher verstehen, Abstand zu nehmen. Die Radio- sowie Fernsehstation haften in keinster Weise für entstandene Schäden, seien sie nun wirtschaftlicher oder privater Natur. Man wünsche den Hörern einen erfolgreichen Tag; nach einem kurzen Moment der Stille ließ man wieder die übliche Radiomusik auf die Zuhörer los.

Die Moral ist eine Hure

Eine Sammlung ungewöhnlicher Kurzgeschichten

Taschenbuch 2012

ISBN: 978-3-8482-1504-1

Hot Whiskey

Es stand derselbe junge Mann hinter dem Ausschank wie am Vortag; „Ale?", war seine Frage, „Stout!", meine Antwort.

Taschenbuch 2014

ISBN: 978-3-7386-0774-1

Konrad & Elise

Ein Kinderbilderbuch über Glück, Tod, Schnipp-Schnapp und Kohlrabi zum Selberzeichnen.

Großformatiges Taschenbuch 2015

ISBN: 9-783738-650327

Simmering

Ein LokalkriminalRoman

Taschenbuch 2015

ISBN: 978-3-7386-0774-1

Das Mädchen das immer den Teig kosten wollte

Ein Kinderbuch vom Kochen und vom Kosten, inklusive Rezeptideen für Klein & Groß.

Großformatiges Taschenbuch 2016

ISBN: 9-783837-07704-9

All inklusive

Ein Urlaubsroman mit Kriminalfaktor, Ungereimtheiten und anderen Verwicklungen; tägliche Animation inklusive!

Taschenbuch 2016

ISBN: 9-7838370-7717-1

Olga, der Elch

Eine Erzählung für kleine und große Kinder.

Taschenbuch 2016

ISBN: 978-3-7412-9273-6

Blutiger Schnee

Ein Trashroman

Taschenbuch 2016

ISBN: 978-3-8370-5600-6

Burg Semmelstein

Eine Erzählung für kleine und große Menschen.

Taschenbuch 2017

ISBN: 978-3-7448-3357-8

Der Junggeselle

12 Erzählungen und eine Einleitung

Taschenbuch 2017

ISBN: 978-3-7448-3374-5

Absint

Fünf dunkle Erzählungen

Taschenbuch 2017

ISBN: 978-3-7448-2953-3

Miss Hippie am Mississippi

Miss Hippie möchte immer schon an den Mississippi. Sie träumt von Kokosnusspalmen und Bananen.

Großformatiges Taschenbuch 2018

ISBN: 978-3-7528-6193-8

Zweisitzercouch

Falks 40. Geburtstag steht bevor. Grund genug, seiner bisherigen Existenz auf den Zahn zu fühlen und ausgiebig der Nabelschau zu frönen.

Taschenbuch 2017 8

ISBN: 978-3-7460-4317-3

sowie

Kemmer ermittelt - der neue Heftroman

erhältlich im Fachhandel und auf

www.girmindl.at